기다림의 고백
그리고 희망을 향한 여정

기다림의 고백 그리고 희망을 향한 여정

모든 난임부부에게 바칩니다

초 판 1쇄 2024년 12월 12일

지은이 문미영
펴낸이 류종렬

펴낸곳 미다스북스
본부장 임종익
편집장 이다경, 김가영
디자인 임인영, 윤가희
책임진행 김은진, 이예나, 김요섭, 안채원, 장민주

등록 2001년 3월 21일 제2001-000040호
주소 서울시 마포구 양화로 133 서교타워 711호
전화 02) 322-7802~3
팩스 02) 6007-1845
블로그 http://blog.naver.com/midasbooks
전자주소 midasbooks@hanmail.net
페이스북 https://www.facebook.com/midasbooks425
인스타그램 https://www.instagram.com/midasbooks

© 문미영, 미다스북스 2024, *Printed in Korea*.

ISBN 979-11-6910-962-8 03810

값 18,000원

미다스북스는 다음세대에게 필요한 지혜와 교양을 생각합니다.

모 든 난 임 부 부 에 게 바 칩 니 다

기다림의 고백
그리고 희망을 향한 여정

문미영 지음

미다스북스

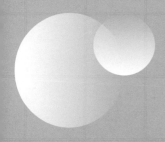

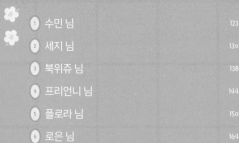

나는 난임 판정을 받은
여자입니다

2016년 10월 30일에 결혼했다. 그 당시 나의 나이는 28살, 남편은 35살. 우리는 허니문 베이비를 원했다. 그리고 딱히 임신을 피하지도 않았다. 아이를 일찍 낳고 빨리 키우고 싶었다. 남편도 나도 자식 욕심이 있어서 그런지 아이 없는 삶은 한 번도 생각해 보지 않았다. 그렇게 우리는 자연 임신을 시도하였다. 내 나이가 아직 어리니 아이는 마음만 먹으면 금방 생기는 줄 알았다. 하지만 그것은 착각이었다. 아이가 생각처럼 쉽게 생기지 않았다. 주변에서 들려오는 임신 소식과 "좋은 소식 없냐?"라는 말이 나에겐 상처로 돌아왔다. 아이를 갖고 싶은 간절한 마음을 모르는 사람들이 자꾸 좋은 소식이 없냐고 물어보니 밖에 나가는 것이 꺼려졌다. 심지어 나를 잘 모르는 사람들은 '일부러 아이를 안 갖는 딩크족

인가?'라고 생각을 하기도 하였다.

임신 준비를 하면서 다낭성인 것을 알게 되었다. 병원 치료를 받으며 여러 번의 자연 임신을 유도했다. 그러다가 드디어 2018년에 임신을 하게 되었다.

아이의 심장 소리를 들으며 울컥했다. '별 탈 없이 유지만 잘하면 나도 엄마가 되는구나.'라는 설렘으로 남편과 나는 행복한 시간을 보내고 있었다.

하지만, 심장 소리를 듣고 난 이후 11주가 된 아이를 떠나보내게 되었다.

남편과 서로를 붙잡고 많이 울었다. 어렵게 가진 아기라 그런지 더 힘들었다.

그 이후 인공수정에 2회 실패하고, 6번째 시험관 시술까지 실패한 상태에서 글을 쓰고 있다.

물론 3번째 시술로 임신에 성공했었다. 하지만 6주가 지난 아이를 또 보내게 되었다.

나처럼 결혼한 지 오래됐지만 아이가 안 생기는 난임부부를 위한 글을 쓰고 싶었다. 그리고 결혼을 준비하고 있는 예비부부와 2세를 계획 중인 신혼부부들에게도 도움이 되고 싶었다.

전문가는 아니지만 난임을 겪고 있는 8년 차 부부로서 솔직하게 쓴 나

의 임신 준비 과정들을 읽고 용기를 가졌으면 좋겠다. 여전히 포기하지

않고 다음 시험관 시술을 준비 중이다.

1장

내가
난임이라고?

현실을
부정하고 싶었다

또래의 친구들에 비해서 일찍 결혼한 편이었다.

'일찍 결혼했으니 신혼을 즐기다가 아이를 갖고 싶을 때 가져야지.'라
고 생각하였다.

남편도 여자의 나이가 임신에 중요하다는 생각이었고 내 나이가 어린
지라 천천히 아기를 가져도 된다는 생각으로 안심하고 있었다. 아직 내
나이가 20대 후반이므로 언제든 마음만 먹으면 아기를 가질 수 있다고
착각했다. 아직 신혼이라 우리 둘만의 시간을 소중하게 생각했다. 여행
도 다니고 맛집도 다니며 신혼을 즐겼다. 아이가 없어서 여유롭고 좋았
다. 그렇게 우리는 신혼을 보냈다.

2~3년 정도 신혼 생활을 즐기다 보니 어느새 내 나이는 30대가 되었

다. 슬슬 마음이 조급해지기 시작했다. 30대부터는 난자의 상태가 달라
진다. 여자의 몸 상태가 달라지기 때문에 한 살이라도 어릴 때 임신을
준비해야 한다는 주변의 말이 있었다.

"이왕에 애를 낳기로 결심했다면 조금이라도 젊을 때 아이를 갖는 게
낫지 않겠냐?"라는 압박이 들어오기 시작했다. 그래도 아직은 노산(고위
험산모)이 아니다 보니 안일하게 생각했다.

젊어서 금방 생길 것 같은 아이는 계속 오지 않았다.

자연임신을 여러 번 시도했다. 병원에 가서 날짜를 잡아 왔다. 그 날
짜에 맞춰 숙제(부부관계를 난임부부 사이에서는 숙제라고 표현한다)했다. 배란 유
도제를 먹었다. 배란주기를 맞추는 패턴이 몇 년 동안 반복되었다.

자연임신을 준비하면서 '나이가 어리다고 안심할 게 아니라 차라리 바
로 인공수정이든 시험관 시술이든 할 걸 그랬다'라는 후회도 하였다.

자꾸 임신이 안 되니 의기소침해졌다. 눈물로 하루를 보내는 날이 지
속되었다. 남편에게 괜히 짜증을 내고 나를 자책하였다.

나보다 훨씬 늦게 결혼한 주변 사람의 임신 소식이 들려왔다. 심지어
벌써 애 둘의 엄마가 된 친구도 있었다. 자꾸 임신 소식이 들려오니 마
음이 더 조급해지기 시작했다. 현실을 부정하고 싶었다. '내 몸에 문제가
있나 아니면 남편한테 문제가 있나?' 서로를 의심하고 모진 말을 많이

기다림의 고백 그리고 희망을 향한 여정

쏟아 냈다. 임신 준비를 하면서 남편과 많이 싸웠다. 부부끼리 서로 의지하고 힘이 되어야 하는데 "너한테 문제가 있지 나한테는 아무런 문제가 없다." 등의 말을 했다.

임신이 안 되는 현실이 너무 싫었다. 이 현실을 부정하고 싶었다. 임산부만 보면 질투가 났다.

'저 사람은 대체 무슨 복이 있어서 저렇게 쉽게 아이를 가지는 거지'라며 시샘하였다.

임산부를 보고 시샘을 하면 아기가 온다고 하는 말을 믿었다. 하지만 아무리 시샘하고 발악해도 나에게 아이는 오지 않았다. '삼신할머니는 나만 미워하나?'

심지어 '준비되지 않은 상태로 아이를 가진 여자도 있는데 왜 나는 이렇게 열심히 노력하는데 아이가 안 생기는 것'인지 원망도 많이 했다.

아이를 폭행하고 죽이기까지 하는 못된 엄마들의 기사를 보면서 '저런 사람에게도 아이가 태어나는데 나한테는 왜 이렇게 아이가 안 생기는 거야'라는 생각도 했다.

난임의 원인 중 하나가 스트레스라는 말이 있을 정도이다. 이처럼 은연중에 받는 스트레스가 상황을 더 악화시킨다. 난임이라는 것을 받아들이고 이를 해결하기 위한 다양한 방법을 시도하다 보면 분명 임신에 성공할 것이라 믿는다. 내가 시험관 시술을 여러 번 해 보면서 느꼈다.

스트레스 받지 말고, 이왕 난임 판정을 받았으니 해 볼 수 있는 데까지 해 보았으면 좋겠다.

2

달갑지 않은
다른 사람의 임신 소식

난임을 8년 동안 겪으면서 정말 다양한 일들이 있었다. 난임인 걸 알게 된 이후로 성격도 많이 변했다. 예민해지고, 자존감도 떨어지고, 못된 마음을 가지게 되었다.

다른 사람의 임신 소식이 들리면 괜히 심술을 부리거나 질투심도 가졌다. 나도 사람인지라 안 좋은 상황에 부닥치면 좋게만 볼 수는 없다. 임산부나 아이 엄마만 지나가도 스트레스를 받았고 질투도 났다. 그래서 사람 만나는 것이 많이 꺼려지고 망설여지게 되었다. 아이 엄마들을 만나면 하는 이야기가 뻔하므로 아이 엄마들을 만나는 것이 힘들었다. "육아가 힘들다, 아이가 말을 안 듣는다."라는 둥 아이 위주의 이야기로만 분위기를 이끌어 갈 것이다.

나를 나름 배려하는 사람들은 육아의 고충을 잘 이야기하지 않는다. 내가 힘들어하는 걸 알고 있는 사람들이기 때문이다.

심지어 임신했을 때조차도 혹시나 내가 상처를 받을까 봐 만삭이 되었을 때 이야기해 주었던 친구도 있었다. '나의 상황 때문에 다른 사람이 내 눈치를 보도록 하고 있었구나.' 하는 생각에 고맙기도 하고 미안하기도 했다.

하지만, 일부 배려심 없는 지인의 행동도 있었다. 같이 난임으로 고생하고 힘들어하다가 자연임신으로 임신에 성공하여 출산까지 한 언니가 있다.

내가 유산하고 온 날, 그 언니에게 제일 먼저 전화했다. 울면서 유산 소식을 알렸다. 그 언니도 같이 울컥하며 위로해 주고 슬퍼해 주었다. 정말 고마웠다.

원래 힘든 일이 있거나 슬픈 일이 있을 때 함께해 주는 사람은 절대 못 잊는다. 고마운 마음에 언니 아들 선물로 탈 수 있는 자동차를 선물로 주었다. 내 자식은 아니지만 조카라 생각하고 이모의 마음으로 선물을 보냈었다.

그 언니는 그 이후로 만날 때마다 하나뿐인 아들 이야기만 계속했다. 만날 때마다 아이 이야기를 하니 처음에는 잘 들어주었다. 하지만 계속 듣다 보니 아이를 갖고 싶어도 안 생겨서 못 낳는 나에게 자랑하는 것처

기다림의 고백 그리고 희망을 향한 여정

럼 들렸다. 내가 그때는 마음의 여유가 없었다. 언니는 별 뜻 없이 하는 이야기였던 것 같은데 나는 그게 너무 듣기 싫었다. 어느 순간 만나는 것이 스트레스가 되었다.

결국에 내 감정을 주체할 수가 없었고 언니에게 서운한 감정을 모두 쏟아 내었다. 언니도 화가 나고 어이가 없었는지 그동안 나에게 느꼈던 감정들을 표현하기 시작했다. 나는 그런 언니의 반응이 더 싫어서 SNS 와 연락처를 다 차단하고 번호도 삭제해 버렸다.

그리고 2년 정도가 지나 내 인스타 계정을 염탐하고 있다는 사실을 뒤늦게 알았다.

언니에 대한 감정은 이미 시간이 많이 지나 화가 나는 감정을 넘어 '무관심'으로 변한 상태였다. 하지만 언니가 나를 지켜보고 있다는 것 자체가 기분이 나빴다.

내가 아직도 아이를 못 가졌다는 약점이 그 사람에겐 험담의 주제가 될 것만 같았다. 그 언니 입에서 내 이야기가 오르내리는 게 싫고 기분 나빠서 인스타에서도 언니를 차단해 버렸다. 아예 내 소식을 볼 수 없게. 이제 내가 뭐 하고 사는지 잘 지내는지 그 언니는 볼 수가 없다. 나와 연결된 사람도 없으므로 소식을 들려줄 사람도 없다.

난임을 겪으면서 참 인간관계가 많이 변했다. 원래는 사람 만나는 걸 좋아하고 사교성이 좋은 편이었다. 하지만 남편과 결혼하고 난임을 겪으면서 사람을 만나는 것이 두려워졌다.

만날 때마다 "좋은 소식 없어요? 아기는 안 가져요?"라는 말로 나에게 상처를 주고 스트레스를 받게 하는 사람들이 있기 때문이다. 내가 안 갖고 싶어서 안 갖는 게 아니라 안 생겨서 못 낳는 것인데 간혹 오해하는 사람들이 있다. 아마 한국의 전형적인 '오지랖' 성격 때문인 듯하다.

예전보다는 덜 하지만 요즘도 사람 만나는 것이 조금 두려울 때가 있다. 그래서 진짜 내 상황을 알고 배려해 주는 사람들이나 독서 및 글쓰기를 좋아하시는 작가들 위주로 만나려고 한다. 그런 사람들을 만나고 오면 '난임 스트레스'가 조금은 풀리고 잊을 수 있어서 좋다.

하지만, 나처럼 극단적으로 하지 않았으면 좋겠다. 난임 스트레스 때문에 다른 사람의 행동을 나쁘게만 생각하지 말자.

사람
안 만나고 싶다

외향형인 나도 사람을 만나는 것이 꺼려질 때가 있었다. 바로 남의 일에 참견하기를 좋아하는 사람들 때문이었다. 사람들을 만나서 좋은 기운과 에너지를 받는 걸 선호한다. 원래 나는 MBTI에서 E의 성향을 보였다. 하지만 난임부부로 지내면서 사람을 만나는 것이 너무 싫고 두려워졌다. 사람들을 만나면 열에 아홉은 다 물어본다.

"혹시 좋은 소식 있어?" 혹은 "결혼한 지 꽤 된 것 같은데 아직 아기 안 가져? 일부러 안 갖는 거야? 안 생기는 거야?"

그 사람들은 우리가 걱정되는 마음에 물어보는 것일 수도 있지만 만나는 사람마다 물어보니 남편과 나는 슬슬 짜증이 났다. 만날 때마다 "노력하는데 잘 안되네요. 아직 아기 맞을 준비가 안 되었나 봐요."라고 대답을 하는데 계속 그렇게 말해야 한다는 것도 지쳤다.

그러면 또 주변 사람들은 우리가 걱정되는 마음에 "내가 용하다는 한의원 추천해 줄게. 내 친척도(혹은 친구) 아이가 몇 년 동안 안 생겨서 고생했는데 여기 다녀와서 아이가 들어섰대."라고 이야기해 준다. 우리나라 사람들은 어쩜 다들 그렇게 남 걱정을 많이 해 주고, 정보가 많은 것인지….

처음에는 진심으로 좋은 소식 있길 응원해 주고 기도해 주는 마음이 정말 감사했다. 하지만 정도를 지나치니 스트레스가 되었다. 듣는 상대방이 원해야 그것이 조언이 되고 충고가 되는데 원하지 않는 관심은 민폐가 된다.

임신이 안 되는 것도 힘들었지만 사람들의 관심과 걱정, 위로가 더 스트레스였다. 우리 부부가 어렵히 알아서 하는데 주변 사람들이 간섭을 하니 좋았던 부부 사이가 점차 어긋나기 시작했다. 남편도 나도 그런 말을 듣고 올 때마다 서로에게 짜증을 냈다. 부부 일은 부부만 안다고 주변 사람들이 관심을 보일수록 부부 사이는 더 안 좋아진다.

기다림의 고백 그리고 희망을 향한 여정

노산의
기준이란?

  현재 내 나이 36세(만으로는 35세). 병원에서는 만 35세 이상을 노산으로 본다고 하니 노산의 기준에 접어들었다. 아기가 안 생기는 것도 화가 나고 속상한데 내가 노산이라니…. 난자 채취를 하고 배아(정자와 난자를 합쳐 수정된 것)를 이식할 때 아내의 나이에 따라 넣는 배아의 개수가 다르다. 35세 이상의 아내에게는 3개를 넣고, 35세 미만의 아내에게는 1~2개를 넣는다. 바로 착상과 임신의 확률 때문이다. 아무래도 배아를 많이 넣어야 고령의 아내에게는 착상의 확률이 높다. 작년까지는 아직 만 34세라 배아를 2개 정도만 넣었다. 하지만 올해에 나이 한 살을 더 먹었다고 이식하는 배아 개수도 늘어났다. 솔직히 병원의 노산 기준이 이해가 가지 않는다. 여자의 나이가 30대 후반, 40대 초반 심지어 40대 중반임에도 자궁 혹은 난소 나이가 젊어서 아기를 쉽게 낳는 예도 있다. 반면에 나이가 20대여도 아이를 못 낳는 사람도 있다.

이를 통해 볼 때 꼭 생물학적 나이가 많다고 해서 임신이 어려운 것은 아닌 듯하다. 평소에 얼마나 건강관리를 잘했는가에 따라 같은 임신 준비를 해도 결과가 다르다. 노산 연예인들의 경우만 봐도 알 수 있다.

실제로 난임병원에 가면 어려 보이는 예비 엄마들도 많이 보인다.

난임병원에 다니기 전에는 나 또한 나이가 많으면 다 아이를 못 가지고 젊으면 아이를 금방 가진다는 착각을 했었다. 나이가 중요한 것이 아니라 난임의 원인은 다양하다는 것을 병원에 다니면서 알게 되었다.

정말 내가 노산이라고 생각하면 시험관 시술을 하면서 더 조급해지고 스트레스를 받는다.

스트레스는 임신 준비를 하는 데 있어서 최악의 원인이라고 하는데 노산이라는 것에만 집중하다 보면 더 안 좋아진다. 그래서 내 나이를 생각 안 하고 시술에만 집중하려고 노력한다.

'노산이면 어때. 건강한 아이만 잘 낳으면 되는 거지. 병원에서 만들어 놓은 기준만으로 포기하지 말자'.

만약에 주변에서나 병원에서 노산이라며 희망을 꺾는 말을 한다면 과감히 귀를 닫자.

좀 가능성이 작아서 그렇지 분명 임신이 된다고 믿으면 진짜 임신이
된다.

설마 나보다
결혼 늦게 한 부부가?

"미영아, 잘 지내? 오랜만이다. 좋은 소식 있어?"

"아니, 아직. 지금 시험관 시술하며 노력 중인데 잘 안 되네."

"아 그렇구나. 사실 나 이번에 둘째 출산했어. 네가 노력 중인 거 아니깐 임신 사실을 알리기도 미안하더라고. 이제야 말한다. 너도 곧 좋은 소식 있을 거야."

"축하해."

나는 올해 결혼한 지 8년 차다.

나보다 늦게 결혼한 친구나 신랑 지인들의 임신과 출산 소식이 들려오기 시작한다. 솔직히 우리가 허니문 베이비로 애를 일찍 낳았으면 올해 초등학교에 들어간다.

기다림의 고백 그리고 희망을 향한 여정

내가 난임으로 마음 고생한다는 걸 아는 친구들은 나에게 임신과 출산 소식을 못 알리거나 조심스러워한다. 혹여나 내가 본인의 임신과 출산 소식에 또 상처받거나 힘들까 봐. 난임을 겪으면서 다른 사람에게 은 근히 피해를 준다는 생각도 많이 했다. 왜 기쁜 소식을 나에게만큼은 눈치를 보며 알려야 하는지 친구들에게도 미안하다. 충분히 축하받아야 하는 일인데…

8년 동안 난임을 겪으면서 나보다 늦게 결혼한 사람들의 임신 소식을 수도 없이 들어야 했다. 평소에 질투를 잘 안 하려고 하는데 다른 사람의 임신 소식을 들을 때만큼은 질투심이 빛을 발한다.

다른 사람들은 친한 친구가 임신하면 진심으로 축하해 준다고 하는데 나는 아직도 진심으로 축하해 주질 못한다. 나보다 3~4년 후에 결혼한 친구들도 이제는 애 엄마가 되었다. 내가 결혼을 일찍 한다며 다들 부러워하고 축하해 줬는데 애 엄마로는 친구들이 선배가 되었다.

최근에 한 지인이 나에게 이야기했다.

"내 친구 중에(나보다 한 살 많은 언니다) 아직도 결혼을 안 하거나 이제 결혼하는 친구도 많아. 그 친구들은 결혼하고 난임으로 고민인 상황을 오히려 부러워하더라. 아직 결혼도 못 했으니까. 그런 거 보면 너도 다른 사람에게는 부러움의 대상이 될 거야. 아기는 반드시 생기니까 희망을 잃지 말았으면 좋겠어." 이 말을 듣는 순간 멍해졌다.

'역시 생각하기 나름이구나. 나 또한 다른 사람들에게 부러움의 대상이 될 수도 있구나.'

아직 결혼 안 한 친구들도 있고, 이제 결혼하는 친구도 있는데 그에 비하면 나는 행복한 고민을 하고 있다. 덕분에 주변 친구들의 임신과 출산 소식에도 기쁘게 축하해 줄 수 있는 마음의 여유가 좀 생겼다. 다음에 친구가 임신 소식을 전해오면 그때는 이렇게 말해야겠다.

"축하해 너무 잘됐다. 이제야 진정한 어른이 되었네. 순산까지 힘내자."

이 글을 읽는 독자 중에도 난임부부가 많을 것이다. 난임을 겪는 사람들은 다른 사람의 임신이나 돌잔치 소식이 반갑지는 않다.

하지만 '다른 사람이 임신한 걸 질투하면 아기가 생긴다'라는 미신도 있듯이, 좀 더 너그러운 마음으로 임신한 사람을 질투도 하면서 축하해 주면 반드시 아기가 생길 것이다.

우리 이제 멋지게 축하해 주자!

친정엄마는
내 편

"너희 아기 가질 생각은 있었어? 정서방도 이제 나이가 40이 넘었는데 왜 이제야 임신하려고 하는 거야? 진작에 하지." 엄마가 예전에 우리를 보고 한 말이다.

"우리 아기 가질 생각은 있었지. 그동안 자연임신이 될 줄 알고 별다른 노력을 안 했다가 이제야 시험관 시술하고 노력하기 시작한 거지."

엄마는 내 나이도 30대 후반인 데다가 남편의 나이가 43살이라 초조하셨나 보다.

항상 엄마는 "자식이 대학생 되면 정서방은 환갑인데 어떻게 하려고 그래?"라며 걱정을 많이 하신다. 사실 남자 나이는 중요하지 않다. 여자 나이가 중요하지.

내가 임신 소식을 전했을 때 엄마는 누구보다 기뻐하셨다. 하지만 불안함 때문에 걱정도 많으셨다. 아기가 잘못될 수도 있으므로 주변에 말하지 말고 조용히 있으라고 했다. 나는 엄마의 말을 무시하고 주변에 알렸다. 입이 방정이었는지 알린 지 얼마 되지 않아 아이는 유산되었다.

그 후로 엄마는 내가 유산 소식을 알리면 듣기 싫어한다.

한 번 유산했을 때도 힘들어하셨는데 네 번이나 유산 소식을 알리니 엄마는 이젠 내 걱정만 하신다. "몸은 괜찮아? 요즘 아기 안 낳는 추세라던데 꼭 아기를 낳아야겠어? 자식 있으면 힘들기만 하고 돈도 많이 들고. 그냥 정서방이랑 둘이 잘 살면 안 될까?"

엄마는 딸이 걱정되는 마음에 하시는 말이라 감사하기도 했고 미안하기도 했다.

하지만, 나도 우리 남편도 아이를 간절히 원한다. 아이를 좋아하기도 하고.

그리고 나는 은근히 꼰대적인 사고를 하고 있어서 손주를 안 낳으면 불효하는 것으로 생각해 왔다. 부부 사이에 아기가 하나 정도는 있어야 한다고 생각하고. 그건 남편도 마찬가지이다.

친정엄마는 손주에 대한 욕심을 표현 안 하시고 시부모님도 이제는 손주에 대한 표현을 적극적으로 하지는 않으신다. 참 감사했던 게 유산 소식을 알렸을 때 시부모님은 내 몸 걱정을 해 주시고, 특별히 뭐라 하시지는 않으셨다는 것이다. 매번 임신에 실패하니 친정 부모님에게 제일 먼저 죄송하다는 생각이 든다. 항상 시험관 시술을 하며 다짐한다.

'엄마! 이번에는 꼭 건강하고 이쁜 손주 안겨 줄게. 조금만 더 나 믿고 기다려 줘.'

2장

나의
난임 극복 일기

임신하기 위해
튼튼한 몸을 만들다

나의 오른쪽 팔은 언제부터인가 펴지지 않았다. 팔을 펴야 하는데 팔이 완전히 펴지지 않고 점점 더 구부러지기 시작했다. 팔이 굽어지면서 통증이 나타나기 시작했고 특히 팔꿈치 부분이 아팠다.

설상가상으로 손가락도 휘기 시작했다. 결국엔 점점 손가락이 굵어지면서 손가락 통증 때문에 필기도 제대로 할 수 없는 지경이 되었다. '별일 없겠지' 하면서 방치하다 보니 점점 더 증상이 심해지게 되어 정형외과를 방문했다. 정형외과에서 X-ray를 찍어도 뼈에는 이상이 없다고 하였다. 그다음으로 통증의학과를 갔다. 통증의학과에서는 류머티즘성 관절염이 의심된다고 하셨다. 그러면서 C 대학교병원 류머티즘 관절염 내과를 안내해 주셨다. C 대학교병원에 가기 위해서는 진료의뢰서를 제

출해야 하니 통증의학과에 부탁해서 진료의뢰서를 받았다. C 대병원에 갔다. 류머티즘성 관절염 센터 원장님께서는 루푸스와 류머티즘성 관절염 두 가지 경우를 다 이야기하셨다. 루푸스일 경우가 조금 더 심각하다며 겁을 주셨고 정확한 건 피검사를 해야 알 수 있다고 했다. 검사 결과가 나오기까지 일주일 정도가 걸렸다. 일주일이 지나 다시 병원을 방문했을 때 원장님께서는 "다행히 루푸스는 아니네요. 언제부터 팔이 안 펴지고 증상이 시작된 거죠? 왜 이제야 왔어요?"라며 류머티즘성 관절염 진단을 내리셨다.

감사하게도 '산정 특례 환자'로 등록을 해 주시면서 "앞으로는 산정 특례자라 진료비가 만 원도 안 나올 거예요. 진료비 부담 갖지 말고 진료받으러 와요."라고 하셨다. 그렇게 나는 2021년부터 류머티즘 관절염환자로 병원에 다니고 있다. 류머티즘성 관절염(자가면역성 질환) 때문에 임신이 안 될 수도 있지만 그렇게 큰 원인은 아니라고 하셨다. 약 잘 챙겨먹으며 준비하면 된다고. 실제로도 류머티즘성 관절염 증상이 있는 환자가 임신하게 되면 증상이 호전되는 예도 있다. 원래 임신과 출산을 하면 호르몬 변화로 인해서 체질이 변한다. 하지만 나의 오른쪽 팔은 여전히 안 펴진다. 손가락도 휘었다. 이미 관절이 굳어지고 있어서 다시 돌아올 수는 없다. 결국 약을 잘 챙겨 먹고 식단 관리를 하는 방법밖에 없다고 한다.

관절염 때문에 필사나 필기 등을 하지 못한다. 그나마 타이핑으로만 글을 쓸 수 있다. 증상이 덜할 때 글을 쓰고 책을 읽은 것에 대한 서평을 쓴다. 류머티즘 관절염이 우리 아이에게는 유전이 안 되었으면 좋겠다는 간절한 마음으로 임신 준비를 하고 있다.

또, 나에게는 다낭성 난소 증후군도 있다. 다낭성 난소 증후군이란 무배란성 월경 이상과 난소에 여러 개의 물혹이 생기는 증상 또는 다모증(多毛症)을 동반하는 질환이다. 쉽게 말해 생리와 배란주기가 일정하지 않고 여성 호르몬이 적게 발생하는 것이다. 그래서 다낭성 난소 증후군이 있는 여자는 비만이거나 생리 불순일 확률이 높고, 털이 많다.

10대 때는 산부인과에 갈 일이 없으니 그저 생리를 늦게 하거나 안 해도 그런가보다 라며 방치했다. 나중에 원인을 알고 봤더니 다낭성 난소 증후군 때문이었다. 다낭성 난소 증후군 때문에 배란을 하지 않았는데 어떨 때는 3개월에서 최대 4개월까지 생리를 안 하기도 했었다. 생리를 매달 해야 하는데 안 하니 남들보다 임신 확률이 낮았다. 남들이 12번을 임신 시도할 때 다낭성 난소 증후군 환자는 6번으로 확률이 줄어든다. 그래서 나는 생리를 2개월 이상 안 할 때마다 '생리 유도 주사'와 '피임약' 심지어 '배란 주사'로 임신 시도를 했다. 그러다 보니 정상적인 사람들보다 더 호르몬 불균형이 왔고, 체력적으로나 정신적으로 힘들었다.

유산하고 한약을 마신 이후로 생리가 제대로 나오기 시작했다. 원래 출산이나 유산을 하고 나면 몸이 변하게 된다. 아쉽게도 다낭성 난소 증후군은 완치가 없다고 한다. 완치가 없다고 하니 계속 생리 유도 주사나 호르몬 약을 먹으며 시도하는 방법밖에 없다. 임신이 힘든 이유가 다낭성난소증후군 때문이라고 하니 이렇게 낳아 준 엄마를 원망하기도 했다. 그러나 원망하면 뭐 하겠는가. 단점을 극복하는 다른 방법을 찾아볼 수밖에.

갑상샘 기능 저하증과 갑상샘 기능 항진증, 두 개의 질병 역시 찾아왔었다. 갑상샘 기능 저하증은 갑상샘의 기능이 저하되는 질환으로 갑상샘에서 갑상샘 호르몬이 잘 생성되지 않아 체내에 갑상샘 호르몬 농도가 저하된 또는 결핍된 상태를 뜻한다. 원인은 갑상샘 자체에 문제가 있어서 갑상샘 호르몬 생산이 줄어드는 경우와 갑상샘에서 호르몬을 만들도록 하는 신호에 문제가 생겨서 갑상샘 호르몬 생산이 줄어드는 경우로 나눌 수 있다. 갑상샘 기능 항진증은 이와 반대로 갑상샘에서 분비되는 호르몬(T3 및 T4)이 어떠한 원인에 의해서 과다하게 분비되어 갑상샘 중독증을 일으키는 상태를 말한다. 갑상샘 기능 저하증을 앓고 있으면 살이 갑자기 찌거나 몸이 붓는다. 그리고 쉽게 피로감을 느끼고 지치는 상태가 나타나기도 한다.

시험관 시술을 하기 전에 혈액 검사를 한다. 몸에 어떤 증상이 있는지 파악해야 약물을 사용하거나 이에 맞는 시술 방법을 사용할 수 있으므로. 검사 결과 갑상샘 기능 이상이었다. 저하증인지 항진증인지 산부인과에서는 정확하게 알 수 없으므로 갑상샘 기능 내과에 가서 재검사하라고 하셨다. 내과에 가서 채혈하였다. 검사 결과는 이르면 다음날 나오며, 늦어도 3일 이내에는 나온다. 검사를 할 때마다 갑상샘 기능 저하증 혹은 항진증의 경계에 있다고 하셔서 '신지로이드'라는 약을 먹었다. 세 번째 시험관 시술에 실패하고 부부 염색체 검사와 습관성 유산 검사를 했을 때 갑상샘 문제가 원인이라는 말씀을 하셨다.

두 차례의
인공수정 시도와 실패

   앞에서 밝혔듯이, 나는 결혼 8년 차 부부이다. 호주로 신혼여행을 갔고, 신혼여행지에서의 좋은 분위기 덕분인지 허니문 베이비를 갖고 싶었다. 아기는 하늘이 점지해 주는 거라는데 나는 의욕만 넘쳤다. 하지만 허니문 베이비는커녕 신혼 생활 내내 좋은 소식이 생기지 않았다. 그렇게 1년이라는 시간이 지났고, 우리 남편은 오히려 "때 되면 생기겠지. 조급해하지 말자."라며 안일하게 생각하고 있었다. 내 나이가 아직 젊으니, 아이는 금방 생길 거라는 착각을 했다.

   나만 조급해하고 스트레스를 받고 있던 어느 날 산전 검사라도 해 보자는 생각으로 산부인과에 방문했다. 병원에서는 다낭성이 있어서 월경과 배란주기가 불규칙적이라 의학의 힘으로 임신을 시도해 보는 것도 방법이라고 추천해 주셨다. 그래서 배란 주사와 약에 의존하며 임신을 위해 노력했다. 엽산과 비타민도 꾸준히 챙겨 먹었다. 임신 테스트기를 수없이 확인하고, 임신이 안 되면 실망하고 속상해하던 2018년 7월에 드디어 아이가 생겼다. 남편과 나는 기쁜 마음을 주체하지 못하고 병원으로 달려갔다.

초음파 확인을 해 보니 임신 초기가 맞았다. 간절히 원하면 이루어진다고, 임신을 바라던 나였기에 작은 증상에도 임신임을 알아차렸다. 원래 예민한 성격이기도 하지만 초기라 모르고 그냥 넘어갈 뻔한 증상들을 금방 알아차린 모습이 신기하기도 했다. 그렇게 극초기에 임신했다는 것을 알게 된 이후 남편은 나를 조심시키기 시작했다. 집안일도 무조건 남편이 다 했고, 몸에 좋다는 음식과 소고기를 사주며 나는 그렇게 공주 대접을 받았다. '이래서 임신했을 때가 가장 대접을 많이 받는다는 말이 있구나.'를 실감하며 임신 생활을 즐기기 시작했다.

정기 검진을 받는 날이라 산부인과에 내원했다. 5~6주 차쯤에는 활발한 심장 소리를 들었다. 남편과 나는 아이의 심장 소리를 듣고 그제야 임신했다는 사실을 실감하기 시작했다.

원장님은 여전히 초기이므로 조심하라고 하셨다. 나는 그렇게 웬만하면 집에서 안정을 취하며 몸을 사렸다.

12주 차에, 산부인과에 또 갔다. 그런데 의사 선생님의 표정이 좋지 않았다. 아이의 심장은 뛰는데 몸이 부어 있다고 하셨다. 건강한 아이가 아니라서 조금 더 지켜봐야겠다고 말씀하셨다. 남편과 나는 놀란 상태로 의사에게 이것저것 물어보았다. 제발 건강하기를 기도하고 또 기도했다. 교회를 다니지 않지만, 하나님 부처님을 다 끌어 모아 기도했다.

그다음 주에 다시 병원에 갔다. 의사 선생님이 초음파를 보시더니 "아이 심장이 뛰질 않네요. 계류유산인 것 같습니다."라고 말씀하셨다. 결국엔 아이는 본인이 건강하질 않다는 것을 느끼고 엄마 아빠의 곁을 떠났다. 아이는 미리 우리에게 마음의 준비할 시간을 줬다.

의사 선생님께서는 "원래 건강하지 못한 아이로 생긴 것이고 오히려 이 애가 태어나도 장애를 가지고 태어났을 수도 있어요. 마음이 아프겠지만 절대 엄마 아빠의 잘못이 아니니 엄마도 너무 자책하지 마세요."라며 우리를 위로해 주셨다. 그러고는 소파 수술 날짜를 잡았다.

소파 수술을 하기 위해 하루 전에 입원하였다. 약물을 집어넣어 자연스럽게 죽은 태아를 배출하였다. 내가 더 힘들어할까 봐 남편만 따로 불러 죽은 우리 아기의 마지막 모습을 보여 주셨다. 남편은 비커에 담겨 있던 우리 아기의 마지막 모습을 보고 울컥했다고 한다.

건강하게 낳아 주지 못해 미안하다는 말도 하면서. 그렇게 마음과 몸이 힘든 수술을 끝내고 나는 울면서 밖을 나왔다.

남편은 그런 내가 안타까웠는지 1인실에 입원 시켜주었다. 유산도 출산과 같은 것이라 안정을 취하는 게 중요하다고 해서 하루 정도 입원을 하였다. 남편도 휴가를 내고 나와 병실에서 같이 잠을 자 주었다.

퇴원하고 친정에서 몸조리하였다. 우리의 신혼집은 울산이었고 친정은 포항이라 거리상으로도 멀지 않았다. 휴가 기간에 남편도 친정에서 같이 있어 주었다. 우리 엄마는 유산하고 온 딸이 걱정되어 음식도 신경써서 챙겨주셨다. 부모님에게 손주를 안겨 드리고 싶었는데 안 좋은 소식으로 친정에 와서 죄송한 마음이 컸다.

우리 부모님에게 내가 첫딸이라 첫 손주를 임신했다고 했을 때 엄청나게 좋아하셨던 기억이 아직도 내 머릿속에 남아 있다. 50대의 나이에 젊은 할머니 된다고 좋아하셨는데… 이제 우리 부모님은 환갑이 넘으셨다. 내가 임신이 잘 안되었어도 좋은 소식 없냐고 나를 닦달하거나 물어보시지 않으셨다. 그래서 유독 우리 부모님에게 손주를 못 안겨 드려서 죄송한 마음이 크다.

유산하고 신랑의 회사 발령으로 인해 2019년에 대전으로 이사를 오게 되었다. 대전에는 'M 산부인과'가 있다. 대전으로 이사 온 것이 오히려 나에게는 임신을 더 적극적으로 준비할 기회가 되었다. 남편도 이제 40살이 되니 조급함이 생겼다. 한 살이라도 젊을 때 아이를 갖고 싶어서 인공수정이든 시험관 시술이든 해 보자고 하였다. 그렇게 우리는 인공수정이나 시험관 상담을 받기 위해 M 산부인과의 문을 두드렸다.

내가 M 산부인과에 처음 방문한 건 2020년이다.

그 당시 나의 나이는 32살, 남편은 39살. 나의 나이는 젊은 편이었지만 남편이 40을 바라보고 있었기에 조급해지기 시작했다. 산부인과 원장님이 결혼은 몇 년도에 했는지, 임신 경험은 있는지 등 여러 가지를 물어보셨다. 그러고는 초음파를 보셨다. 원장님은 역시나 내가 다낭성이 있는 편이라 배란 장애가 있었을 것이라 했다.

초음파를 보고 원장님께서 "아내 나이는 젊고, 결혼한 지 1년이 넘었지만 아이가 생기지 않았네요. 결혼 연차 때문에라도 인공수정으로 넘어가야 할 거 같아요. 인공수정 2~3번 정도 해 보고 시험관으로 넘어갑시다."라고 말씀하셨다. 그리고 채혈해서 건강 상태와 호르몬 수치를 알아야 한다는 말씀도 덧붙이셨다. 나는 그날 채혈을 하고 집에 왔다. 결과를 들으러 간 날 원장님께서는 심각한 표정으로 이야기하셨다. "부인이 간 수치가 높네요. 간이 안 좋아서 인공수정이나 시험관 시술을 하게 되면 몸에 해롭고 안 좋아요. 간 수치를 좀 낮춘 다음에 인공수정을 시도하셔야겠어요. 다른 병원 가서 다시 간 검사를 해 보고 오세요."라고 하셨다. 나는 그 말을 듣고 동네 내과와 C 대학병원 내과에 가서 간 검사를 다시 하였다. 원인은 '지방간'이었다. 간이 부어서 간 수치가 높다고 하셨다.

여기저기 아픈 곳이 많아서 한약을 포함하여 약을 많이 먹었더니 약의 부작용으로 간이 안 좋을 수도 있다고 하셨다.(특히, 한약을 먹으면 간 수치가 높아진다) 간 수치가 정상으로 돌아오는 걸 기다리느라 1년이라는 시간을 허비했다. 1년 동안 나는 회사에서 계약직으로 일을 하면서 임신 준비를 쉬고 있었다.

그렇게 1년이 지나고 다시 M 산부인과에 갔다. 원장님께서는 1년이나 지나서 다시 와서 그런지 이번에는 별말씀이 없으셨다. 간 기능이 정상으로 돌아왔다는 의사의 소견도 그대로 말씀드렸다. 원장님께서는 이제 인공수정을 시도해 보자고 하셨다. 다행이었다. 다낭성인 나는 생리부터가 고비였다. 생리를 안 하면 '혹시 내가 임신?'이라는 생각에 설레발을 쳤고, 임신 테스트기(줄여서 임테기)의 노예가 되어 가고 있었다. 하지만 임테기는 단호박이었다. '다낭성이라서 생리를 안 할 뿐이지 임신이 아니니깐 꿈도 꾸지 마.'라며 말해 주고 있었다. 결국엔 나는 생리 유도 주사를 맞고 피임약을 먹으며 생리와 배란주기를 인위적으로 맞추기 시작했다.

임신 준비를 하기 전까지는 피임약은 임신을 원하지 않는 여자들이 임신을 하지 않기 위해 먹는 약인 줄로만 알았다. 하지만 난임부부들의 배란 날짜를 맞추기 위해 산부인과에서 처방해 주는 방법이라는 것을 나중에야 알게 되었다. 임신 준비하면서 내 몸에 어떤 문제가 있는지도 알게 되었지만 피임약은 피임하기 위한 약이 아니라는 것도 알게 되었다. 생리를 하고 3일째에 다시 병원에 방문했다. 인공수정을 하기 위해서 초음파를 보고 배란주기를 맞추기 시작했다. 인공수정은 남편의 정자만 채취하여 여자의 자궁에 넣어 주는 일종의 자연임신과 비슷한 시술이다. 시술도 간단하고 아프지 않아서 할만하다. 인공수정 날짜를 잡고 병원에 방문했다. 인공수정을 하는 시술실이 따로 있다. 시험관 시술실과 다른 방이다. 속옷을 벗고 치마만 입고 내부에 놓여 있는 침대에 누워서 대기하고 있으면 간호사가 오셔서 팔에 주사를 놔주신다. 기다리고 있으니, 원장님이 몇 분 후에 들어오셨다. "문미영 씨."라고 내 이름을 두어 번 부르며 남편의 이름과 내 이름을 대조하며 본인 확인을 한다. 정자가 바뀌면 안 되므로 꼭 확인해야 하는 일이다. 그렇게 10분 만에 인공수정이 끝났다. 이제 결과만 기다리면 된다.

시험관

시술할 거예요

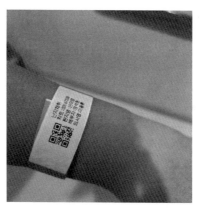

난자 채취인지 시험관 시술인지 인공수정인지에 따라 팔찌 색과 적힌 문구가 다르다.

시술실에서 탈의하고 치마로 갈아입은 다음에 팔이나 손등에 주삿바 늘을 꽂고 약에 알레르기 반응이 있는지 없는지 확인한다. 링거 같은 것을 꽂고 조금 대기하고 있으면 소변을 보고 오라고 한다. 소변을 보고 앉아 있거나 누워 있으면 순서에 맞게 채취실로 부른다. 채취실에 들어가면 초음파를 볼 때처럼 굴욕 의자(여자들은 산부인과 의자를 두 다리를 벌리고 누워 있어야 해서 굴욕 의자라고 부른다)에 다리를 올리고 누워 있으라고 한다. 누워 있으면 기구를 통해 마취제를 투입한다. 전신 마취가 아닌 부분 마취이다. 머리는 몽롱하고 어지럽지만 자궁에는 감각이 없다. 두두두두 소리와 함께 난자를 채취하기 시작한다. 난자를 채취하면 원장님 옆에 계시는 남자 연구원(보조)이 채취 개수를 알려 준다. 나는 정신이 몽롱한 상태이기 때문에 몇 개가 채취되었는지 잘 알아듣지 못한다. 채취하고 2시간 정도 침대에 누워서 안정을 취하라고 한다. 남편은 대기실로 나와서 스마트폰 게임을 하며 아내를 기다린다. 밖에서 기다리는 시간이 더 지루할 것 같은데 기다려주는 남편 생각하니 든든했다.

　마취에서 깨고 나면 생리통 정도의 통증이 오기 시작한다. 다 깨면 대기실에 앉아 기다리라고 한다. 대기실에 앉아 기다리니 이름을 부르고 시술비 결제를 한다. 시술하고 나면 기본적으로 5~60만 원은 나간다.

주사의 종류와 양이 적힌 처방전을 진료실에서 받아온다.
이 종이를 주사실 간호사에게 건네주면 자가 주사를 준다.
종류에 따라 냉장 보관용이 있고 실온 보관용이 있다.
냉장 보관 주사는 냉장고에 하루 정도 보관한다.

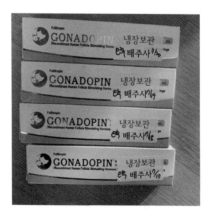

과배란 주사 중 하나인 '고나도핀'이다. 적정 용량이 사람마다 다르다.

주사실에 가면 난자가 몇 개 채취되었는지와 함께 이식 날짜를 알려 주신다. 그리고 착상 주사와 항생제 주사를 놓아 주신다. 2주 동안 배에 착상 주사를 미리 맞아야 한다고도 알려 주신다. 그렇게 자가 착상 주사를 받아와 집에서 일정한 시간마다 배에 주사를 놓는다. 이식 날짜가 되어 병원에 방문한다. 난자가 11개 채취가 되었지만 총 10개의 수정을 했고, 신선 배아로 일단 진행한다고 하셨다. 만 35세 미만은 배아 2개, 35세 이상은 배아를 3개를 넣는다고 하셨다. 나는 35세 미만이라 2개를 바로 이식했다. 남은 배아는 신선에 실패할 경우 냉동 배아로 이식한다.

10일 정도 후에 임신 결과를 알 수 있는 피를 뽑으러 방문한다. 피를 뽑고 그날 오후나 다음날에 전화로 결과를 알려 주신다. 호르몬 주사와 약 때문에 임신 테스트기를 해도 계속 두 줄이 뜨므로 임신 테스트기만으로는 정확한 결과를 알 수가 없다. 그래서 임신 테스트기는 웬만하면 하지 말라고 간호사들도 주의를 준다. 배아를 이식하고 종이를 건네준다. 결국 피검 수치가 50 이상이 나오면 임신 가능성이 있는데 나는 수치가 1도 안 나와서 실패하였다. 그렇게 1차 시술은 실패했다. 2차 시술에는 남아 있는 냉동 배아를 이식했다. 하지만, 2차도 실패했다. 시험관 시술을 두 번 하면서 나는 거의 움직이지 않고 안정을 취해야 한다는 핑계로 침대에 누워만 있었고 신랑이 집안일을 다 해 주었다. 이제 3차 시술을 진행해야 했다. 그땐 냉동 배아가 3개밖에 남아 있지 않았다. 이번에는 남은 배아를 다 이식하겠다고 하셨다. 3번 만에 냉동 배아를 다 사용하니 마지막이라는 생각에 더 간절해졌다. 또 실패하면 다시 처음부터 난자 채취의 과정을 거쳐야 하므로 '이번에는 꼭 성공하자'라는 욕심이 생겼다. 이번에는 집에만 누워 있지 않고 많이 걷고 견과류와 약도 잘 챙겨 먹었다. 게다가 추어탕과 장어, 소고기 등 착상에 도움이 된다는 음식도 많이 먹었다. 10일 후에 다시 채혈하러 병원에 갔다.

1차 피검 결과 100이 넘게 나왔다. 임신에 성공하였다. 또다시 5일 후에 2차 피검을 하러 오라고 하셨다. 피검사를 2번 해서 나온 수치에 따라 임신 확정이 되기 때문에 2번은 해야 한다고 하셨다. 2번째 피검 수치는 갑자기 확 올라서 1000에 가까운 수치가 나왔다. 갑자기 수치가 오르면 자궁외임신이거나 쌍둥이일 가능성이 높다는 말을 들어서 겁이 나기도 했다. 쌍둥이를 원하는 우리 부부는 진짜 쌍둥이 아니냐며 설레발을 치기도 했다. 병원에 가니 단태아로 판별이 났고, 4주 차라고 하셨다. 출산 예정일은 '2023년 9월 24일'이라 적어 주셨고, 국민행복카드를 발급받아 임신 준비에 사용하라고 하셨다. 아기 수첩과 초음파 사진을 받아서 기분 좋은 마음으로 우리은행에 갔다. 우리은행에서 임신확인서를 보여 드리고 국민행복카드를 발급받았다. 카드에 포인트가 지급되었다. 무려 100만 원이나. 그 카드로는 산부인과 진료나 조리원 비용을 지불해도 되고 아기용품을 사도 된다. 또한 나중에 유산했을 때 몸조리 한

약을 사 먹을 수도 있다. 많은 돈은 아니지만 은근히 유용하게 사용된
다. 그렇게 우리는 양가 부모님에게 임신 소식을 알리고 조리원을 알아
보며 행복한 시간을 보내고 있었다.

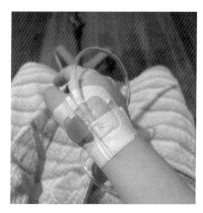

시술을 기다리며 손등에 꽂고 있던 주삿바늘.
원래 팔에 꽂아야 하지만 나는 혈관이 잘 보이지 않아 매번 손등에 꽂아서 더 아팠다.

기다림의 고백 그리고 희망을 향한 여정

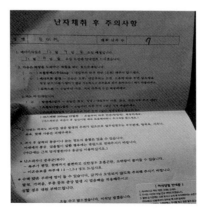

난자 채취 후 배아 이식의 과정을 거친다.
난자 채취를 하고 난 뒤 주의 사항이 적힌 종이를 준다.
배아 이식을 한 날에는 '임신검사 결과' 날짜와 주의 사항이 적힌 종이를 준다.

다시 겪은
유산

    5주 차에 하혈하기 시작했다. 자꾸 피가 흘러나오고 생리대를 채우는 양에 당황하였다. 배는 아프고 불안한 마음이 들었지만, 하필 주말이라 산부인과에 갈 수도 없었다. 당황한 나를 신랑은 달래고 안심시키며 주말을 어찌어찌 넘겼다. 월요일 아침이 되자마자 신랑이 휴가를 내고 산부인과에 갔다. 원장님께서는 간혹 시험관 시술을 하게 되면 이런 경우가 있으며, 유산 방지 주사를 맞으면 괜찮아질 거라고 하셨다. 유산 방지 주사를 맞아서 그런지 하혈은 멈추는 듯했다. 일단 피가 나오지 않으니 계속 누워만 있었다. 입덧이 시작하려는지 속도 메스꺼웠다. 며칠 후 원래 내원 날이라 또 산부인과에 갔다. 원장님께서는 초음파를 보시더니 표정이 굳어지셨다. "시험관 시술은 날짜가 정확해야 하거든요. 지금 원래 같으면 5주 차라 아기 심장이 뛰는 게 보여야 하는데 지금 난황밖에 보이지 않아요. 아기집도 작은데다가 아기 심장 뛰는 게 안 보이네요. 조금 더 지켜봐야 하겠지만 유산으로 갈 것 같아요."라고 하셨다. 하혈도 멈추고 복부 통증도 줄어들어서 아기가 잘 자라고 있다고만 생각했는데 아기에게 위기가 온 것이다. 남편과 나는 정말 놀란 표정으로 원장님에게 이것저것 물어보기 시작했다. 원장님은 일단 지켜보자고만 하셨다. 그다음 주에 다시 병원에 갔다. 앉자마자 초음파를 보자고 하셨다. 초음파를 보시던 원장님은 또다시 표정이 안 좋으셨다.

"6주 차인데 아기 심장이 여전히 안 뛰네요. 유산된 것 같습니다. 소파수술을 하셔야 하는데 우리 병원은 수술이 안 되고 다른 병원에 가서 하셔야 할 것 같네요."라고 하셨다. 그러고는 의사 소견서를 적어 주셨다. 그렇게 나는 유산 판정을 받은 지 2~3일 만에 S 여성병원에서 소파 수술을 진행하였다. 소파 수술은 금방 끝났다. 소파 수술을 한 날에 상처가 서로 엉겨 붙지 않게 한 번 더 와서 처리해야 하며 소독해야 한다고 하셨다. 또 유산하고 나서 2번 정도 생리를 한 다음에 다시 임신 준비를 하는 것이 좋으며 3개월은 지나서 시험관 시술을 하는 게 좋다는 말도 덧붙이셨다. 소파술을 하면서 유산된 태아의 조직을 떼어 염색체 검사를 해 보기로 하였다. 부모의 문제인지 태아의 문제인지 확인을 하기 위함이다. 비급여라서 염색체 검사만 해도 60만 원이 넘었다. 염색체 검사 결과는 일주일 후에 나온다고 한다.

일주일이 지나고 검사 결과를 듣기 위해 병원에 갔다.

의사 선생님은 "태아의 염색체에는 이상이 없네요."라고 말씀하신다.

그럼, 대체 유산의 원인이 무엇인지 되물었다. 의사는 원인을 정확하게 모른다고 하셨다.

"이럴 때 부모의 염색체 검사를 해 봐야 한다."라는 말씀을 하셨다. 그렇게 나는 생리를 2번 정도 할 때까지 기다리고 또 기다렸다. 소파 수술을 한 게 2월이었고, 다이어트도 할 겸 건강한 몸을 만들기 위해 나는 3월에 '점핑 수업'에 등록하였다. 격렬한 운동은 하지 말라고 했는데 3개월 정도 열심히 운동했다. 그 결과 무려 6kg을 감량하여 건강한 몸을 만들게 되었다. 5월에 생리 유도 주사를 맞아 생리했고, 6월에는 자연적으로 생리를 하게 되었다.

두 번의 생리를 하고 유산을 한 지 5개월 만에 다시 시험관 시술을 했다. 또다시 배란을 유도하고 배란이 되면 난포를 터뜨리고 난자 채취를 한다. 남편의 정자와 나의 난자 중 상태가 좋은 것들을 수정시켜 수정란을 만든다. 수정란을 자궁에 이식한다. 배아 이식을 하고 침대에 1~2시간 정도 누워 링거를 맞으면서 안정을 취한다. 처음이 아니지만 늘 피검사를 기다리는 시간은 나에게 있어 피 말리는 시간이다. 시술 과정을 참고 견디는 것은 체력적으로 힘이 들지만, 피검 결과를 기다리는 건 심리

적으로 힘이 든다. 피검 결과 날이다. 오전 10시 이전에 가면 당일 오후
에 결과를 알려 주고, 10시 이후에 가면 다음 날 결과를 알려 준다. 결과
를 빨리 알고 싶은 마음으로 아침에 일어나서 서두른다.

네 번째
재도전과 실패

'피검 결과는 어떻게 나왔을까?'

집에 와서 하루 종일 스마트폰을 붙들고 있다. 책을 읽어도 글자가 눈에 들어오지 않는다. 설렘이 실망으로 바뀌지 않기를 바란다. 긴장되니까 오전 내내 집중이 되지 않는다. 밥을 먹는 둥 마는 둥. '혹시나 임신이 또 안 되면 어떻게 해야 하지? 임신이 되어도 수치가 낮게 나오면 어떡하지?' 별생각이 다 들기 시작했다. 피검사 수치를 생각하지 않으려고 일부러 다른 일에도 집중을 해 본다. 하지만 자꾸 생각이 난다. 오후 4시쯤에 병원에서 전화가 온다.

"안녕하세요. M 병원인데요. 문미영 씨 되시죠? 피검 결과 7.5가 나왔어요. 배 주사랑 질정 쓰고 계시죠? 5 이상도 임신으로 보기 때문에 원장님께서 배 주사랑 질정 다 끊고 재검사해 보자고 하시네요. 혹시 모레 병원 내원하실 수 있으실까요?"

결과에 실망하였다. 차라리 수치가 0이 나오거나 0.1, 0.2, 0.3 등 0점대로 나오면 일말의 희망도 없이 바로 포기할 건데 7점대가 나왔다. 이런 경우는 또 처음이었다. 바로 시험관아기 네이버 카페에 들어갔다. 나와 비슷한 경우를 경험한 예비 엄마들의 글이 올라와 있다. 이런 경우에는 '화학적 유산' 줄여서 '화유'라는 용어를 사용한다.

화유란 임신 테스트기에 두 줄이 희미하게 보였다가 없어지거나 피검 수치상으로 임신 수치가 나오는 경우이다. 좀 더 자세하게 이야기하자면 초음파에도 잡히지 않는 임신이 진행되었다가 소멸하는 경우이다. 화유를 겪게 되면 생리처럼 출혈이 나오면서 임신이 멈춘다. 초음파를 하기도 전에 유산되는 경우로 이를 임신으로 보는 건지 아닌지는 사람마다 관점이 다르다. 화유는 '희망 고문'이다. 자궁외임신이나 화학적 유산이나 둘 다 아기를 간절히 원하는 여자에게는 경험하고 싶지 않은 상황이다. 결국엔 의사 선생님 말씀대로 배 주사와 질정을 다 끊었다. 이틀 후 재검 결과 0점대로 피검 수치가 떨어졌다. 이렇게 허무하게 나의 세 번째 임신 도전은 또 실패하였다. 계류유산에 화학적 유산까지. 몸도 망가질 대로 망가졌지만, 마음이 만신창이가 되었다. 임신을 계속 시도하는 게 겁이 나기 시작한다. 또 화유가 되거나 계유가 될까 봐. 그래도 엄마가 되고 싶다는 마음 하나로 또다시 시술을 준비한다.

기다림의 고백 그리고 희망을 향한 여정

다섯 번째로
도전

내가 지금, 이 글을 쓰고 있는 건 2023년 8월이다. 7월에 수많은 과배 란 주사를 맞으며 난포를 키웠다. 난포를 키우는 것만 거의 한 달을 한 것 같다. 난포가 잘 커지지 않아서 매번 애를 먹었는데 이번에도 여전히 내 난포는 커지지 않았다. 난포를 마지막으로 키운 다음에 '난자 채취' 일정을 잡아 주셨다. 난자 채취 날짜가 되어 아침 7시 30분에 병원에 갔 다. 5개월 만의 난자 채취라 기억이 잘 나지 않았다. 일단 탈의하고 침대 에 누워 혈압을 재고 신경안정제를 맞았다. 그리고 난자 채취실로 들어 간다.

처음 했을 때는 안 아파서 할 만하다고 생각했다. 이번이 두 번째 채 취 과정이었는데 아팠다. 마취를 맞았는데도 통증이 느껴졌다. 더 아팠지만 저번보다 난자는 훨씬 적게 채취가 되었다. 고작 6개. 그래도 일단 난자가 채취되었다는 것에 다행이라고 생각하고 회복실에서 2시간 정도를 누워 있었다. 마취가 풀리는 데 시간이 좀 걸렸다. 컨디션에 따라 배란도 채취되는 난자의 개수도 다르다. 난자를 채취했으니 이제 '배아 이식' 날짜를 잡아 준다. 5일 배양이므로 5일 후 아침에 오라고 하신다. 3일 배양, 5일 배양이 있는데 왜 나는 5일 배양으로 하시는 건지 아직도 이유는 모른다. 그래도 실력 있고 경험 많으신 원장님이니깐 그냥 믿고 진행한다. 그리고 8월 9일 결전의 날이 왔다. 네 번째 배아 이식의 날이다. 10시에 시술 시작인데 9시 30분에 병원에 도착했다. 진료카드를 내고 대기실에 앉아 있으니 이름을 부른다. 난자 채취 때와 마찬가지로 오른 손등을 찍고 QR코드가 표시된 팔찌를 팔에 매준다. 다시 대기실로 간다. 잠깐 앉아 있으니 내 이름을 부르신다. 시술실로 들어간다. 원피스를 입고 갔지만 가운을 위에 입으라고 한다. 가운을 입고 나오니 간호사가 물어본다.

"수액을 맞아야 하는데 혹시 콩, 땅콩, 달걀에 알레르기 없으시죠?" 나는 알레르기 없다고 대답하고는 바로 시술실로 들어간다. 침대에는 이미 시술을 다 하고 누워 있는 분이 계신다. 들어가서 침대에 눕는다. 원장님이 "오늘은 2개 넣을 거예요."라고 하신다. 배아를 삽입하는 기구는 여전히 아프다. 할 때마다 적응이 안 된다. 옆의 남자 연구원에게 의사가 말한다.

"배아 주세요." 남자 연구원은 옆에서 말한다.

"문미영 씨 5일 배양 두 개입니다."

원장님은 내 이름을 또 부른다. "문미영 씨."

본인 확인을 위해 한 번 더 부르는 건지 할 때마다 궁금하다. 시술이 금방 끝나고 나는 일명 '콩 주사'를 또 맞고 누워서 안정을 취한다. 갑자기 시술이 끝나고 나니 먹고 싶은 음식들이 생각나기 시작한다. 착상에 도움이 되는 포도즙은 벌써 준비해 두었고, 추어탕이나 소고기를 많이 먹어야겠다. 시술이 끝나고 나와서도 먹을 생각뿐이다.

원장님 면담을 했다. 미세 수정으로 겨우 두 개를 수정해서 이식했고 남아 있는 배아가 없다. 그래서 다음에 냉동할 게 없다고 하셨다. 결과에 충격을 받았다.

내가
또 임신이라니!

　네 번째 시술에 실패하고 생리를 두 번 정도 하였다. 두 번이나 유산을 하고 배란이 잘 안되는 상태인 나를 위해 이번에는 원장님이 '부부 염색체 검사'와 '습관성 유산 검사'를 해 보자고 하셨다. 소파 수술을 하면서 태아 염색체 검사를 하였고, 부부 염색체와 습관성 유산 검사는 시험관 시술을 한 병원에서 진행하였다. 원래 유산을 3번 이상 한 부부에게 습관성 유산 검사를 권유한다. 하지만 원장님께서는 "요즘은 두 번 유산하신 부부에게도 습관성 유산 검사를 해 보자고 합니다. 습관성 유산이랑 부부 염색체 검사를 같이 해 보려고 해요."라고 하셨다. 우리도 유산의 원인이 궁금한지라 선뜻 검사를 해 달라고 하였다. 검사 결과는 어떻게 되었을까? 둘 다 '이상 없다.'이다.

염색체에 이상이 없는데 왜 유산이 되는 건지 답답하였다. 일단 다음 시술을 준비해 보자고 하신다.

또다시 생리하게 되면 배란을 유도하고 과배란이 되면 난포를 터뜨린다. 그다음에 초음파로 확인을 한 뒤 난자 채취 날짜를 잡는다. 난자 채취 날짜에 남편도 정자 채취를 위해 함께 병원에 간다. 난자 채취를 하고 3일 배양과 5일 배양인지에 따라 내원 날짜가 달라진다.

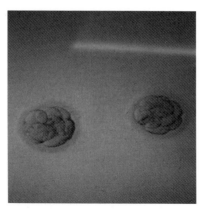

수정된 배아 사진이다. M 산부인과에서는 매번 배아 이식 때마다 사진을 찍어 주신다.
K 대병원에서는 안 찍어 주었다. 눈사람 배아, 감자 배아 등 모양에 따라 이름이 다르다.
난임 카페에서는 실제로 배아 모양 사진을 올리고 봐달라고 한다.

이번에는 3일 배양으로 진행해 보자고 하시면서 3일 후에 오라고 하셨다. 하필 남편이 '결막염, 통풍, 감기'로 질병이 한꺼번에 몰려왔다. 남편은 굳이 이렇게 상태가 안 좋은데 시술해야 하냐며 미루고 싶어 하는 눈치였다. 나는 힘들게 배에 주사 놓고 약 먹고 시술 준비를 했는데 다음으로 미루려니 노력했던 시간 들이 아까웠다. 남편을 설득하여 결국 무리하게 진행을 하기로 했다.

3일이 지났다. 병원에 갔더니 원장님께서 안 좋은 표정으로 진지하게 말씀하신다.

"이번에 남편 상태가 안 좋아서 그런지 배아 상태도 별로네요. 그래서 추가 금액을 더 내서 미세 수정을 해야 할 것 같아요. 그리고 24시간 배아 경 관찰을 통해 수정란 상태를 관찰해야 하겠어요."

돈이 더 들더라도 그게 임신에 도움이 된다면 하겠다는 생각이라 우리 부부는 그렇게 진행해달라고 요청했다. 24시간 배아 경 관찰은 24시간 동안 현미경으로 관찰하면서 외부 세균이 유입되는 것을 차단하고 수정란의 상태를 관찰할 수 있다는 장점이 있다. 미세 수정을 하였지만 워낙에 남편 정자 상태가 좋지 않아서 냉동 배아는 없다고 하셨다. 그나마 수정이 잘된 수정란 2개라도 이식하기로 했다.

배아 이식을 진행하고 10일 동안 침대에 누워서 안정을 취하였다. 이번에는 배아 이식을 하고 온 날 흑염소 전골을 먹고, 착상이 잘 되는 포도즙을 매일 챙겨 마셨다. 장거리 여행도 안 하고 웬만하면 집에서 쉬었다.

드디어 1차 피검 날이다. 수치가 67이 나왔다. 일단 임신 수치이지만 안정적인 수치가 아니라서 2차 피검을 하러 오라고 하셨다.

크리스마스 다음 날이 2차 피검 날이었다. 2차 피검 수치는 583이었다. 1000 가까이 나와야 하는데 애매한 수치라고 하셨다. 원래 2일에 1.6배 정도 수치가 나와 줘야 하기 때문이다. 일주일 후에 3차 피검을 하러 오라고 하셨다.

3차 피검 결과는 4484로 2차 때보다 8배나 높게 나왔다. 피검 결과를 통과하니 초음파를 보러 일주일 후에 오라고 한다. 피검 결과를 통과하고 나니 또다시 걱정된다. '혹시나 또 화유나 자궁외임신이 되면 어떡하지?'

일주일 후에 초음파를 보러 갔다. 6주 차라 아직 심장 소리는 들을 수 없고 젤리 곰 모양의 아기 모습만 볼 수 있었다.

'나도 드디어 엄마가 되는구나.'

남편에게 소식을 제일 먼저 알렸다. 남편이 좋아하면서도 또 불안해한다.

이번엔 양가 부모님에게도 주변 사람에게도 알리지 말자고 한다. 하지만 그새 못 참고 나는 친정엄마와 시어머니에게 임신했다고 말한다.

또 일주일이 지나서 병원에 갔다.

7주 차라서 우렁찬 심장 소리를 들었다. 마치 기차 소리처럼 들렸다. '우리 아기가 건강하게 잘 있구나'라는 생각에 울컥했다. 시술하고 온 이후 남편이랑 나는 감기에 걸려서 '꿀차'를 많이 마셨다. 그래서 태명을 꿀벌이라고 지었다.

꿀벌이는 그렇게 우리에게 크리스마스 선물이자 나의 생일 선물이 되어 주었다. 그 이후 나는 임신 지원금을 신청하고 보건소에 가서 분홍색 임산부 배지를 받았다. 지하철이나 버스를 탈 때 임산부 배지를 지니고 있으면 임산부석을 양보해 주신다. 그리고 대전에서 운영하는 '교통 약자 지원' 서비스에도 신청하였다.

기다림의 고백 그리고 희망을 향한 여정

8

세 번째
유산

갑자기 또 하혈이 시작되었다.

두 번째 임신했을 때처럼 배가 아프면서 왈칵 쏟아지는 건 아니었으나 속옷에 묻어 나오는 정도의 양으로 조금씩 나왔다. 걱정되는 마음으로 동네에 새로 생긴 산부인과에 우선 내원했다.

"두 번 유산하고 세 번째 임신했는데 피가 나와서요. 걱정되는 마음에 초음파 보러 왔어요."라고 상황을 설명했다.

원장님께서 "일단 초음파 봅시다."라며 나를 안심시켜 주셨다. 다행히 심장은 여전히 잘 뛰고 있었다.

"초음파상으로는 피고임도 없고 이상이 없는데 안 보이는 피가 고여서 출혈이 되는 것 같아요. 소독해 드릴 테니 안정을 취하세요."

"자꾸 걱정되는 마음에 왔어요."라며 내가 말했다.

원장님께서는 "그 걱정되는 마음 충분히 이해해요. 초음파 자주 보는 거 괜찮으니, 산모가 불안하다 싶으면 자주 오세요."라고 하셨다.

심장 뛰는 소리 동영상을 녹화해 주시고, 바코드 스티커를 주셨다. 바코드만 있으면 '마미톡'이라는 앱을 다운로드해서 저장도 할 수 있고 계속 들을 수 있다고 한다.

며칠이 지나니 갑자기 피가 생리처럼 많이 나왔다. 울먹거리며 동네 산부인과로 또 뛰어갔다.

걱정되는 마음과는 달리 여전히 아기는 잘 있다. 심장 박동 수도 정상이고 주 수에 맞게 잘 커지고 있다고 하셨다. 그때가 8주였다.

M 산부인과 방문 날이다. 드디어 일반 산부인과로 옮기는 날이기도 했다. 남편은 휴가를 내고 산부인과와 산후조리원을 어디로 갈지 이야기를 나누던 중이었다. 원장님도 당연히 의사 소견서를 쓰실 준비를 하고 계셨다.

하지만 초음파를 보던 원장님이 한참 동안 말이 없으셨다. 초음파를 이리저리 살펴보던 원장님은 말씀하셨다. "아기가 심장이 안 뛰네요."

나는 많이 놀랐다. 또 안 좋은 기억이 떠올랐다.

누워 있는 순간에 많은 생각이 들었다. 심장이 안 뛴다는 이야기가 나에게는 트라우마였다. 일주일 전까지만 해도 심장 소리도 잘 들려주고 잘 크던 아이였다.

원장님께서는 이야기를 시작하신다.

"분명 염색체 검사상으로는 이상이 없는데요. 정 유산의 원인을 찾고자 하면 류머티즘 관절염 때문인 것 같아요. 루푸스나 류머티즘성 관절염은 임신 예후가 좋지 않거든요. 물론 류머티즘성 환자가 다 임신을 못하거나 유산하는 건 아니에요. 근데 그럴 확률이 높아요. K 대병원에 이ㅇㅇ 교수라고 습관성 유산 클리닉 운영도 하시고 염색체 검사를 더 자세하게 해 주세요. 거기 가셔서 검사를 자세하게 해 보는 게 나을 것 같아요. 소파술은 거기에서 하던가 다른 곳에 가서 하시면 되고요. 진료의뢰서 써 드릴 테니 그 병원에 가서 해 보세요."라고 하신다.

유산해서 진료비는 따로 받지 않으신다. 그렇게 나는 K 대병원에 가서 상담받고 이틀 뒤에 또다시 아기를 떠나보내게 되었다.

9

전원 후
재임신

K 대병원에서 2월 1일에 소파술을 진행하였다. 소파술을 진행하면서 '태아 염색체 검사' 및 부부 염색체 검사를 추가로 진행하였다. M 산부인과에서 확인할 수 없었던 항목까지 검사를 해야 해서 비용이 많이 들었지만, 국민행복카드 지원금으로 결제해서 그나마 덜 부담이 되었다.

검사 결과를 들으러 며칠 후에 다시 방문했다. 결과는 '특이 사항 없음'이었다. 원장님도 원인이 뚜렷하게 나와 있거나 확실하지 않아 왜 유산이 되었는지 의문이라고 하신다. 원인이 확실하면 주사나 약물 치료를 하여서 해결하면 되는데, 원인을 모르겠다고 하니 난감할 뿐이었다. 그냥 계속 임신하면서 지켜보는 수밖에 없고 우리처럼 원인이 없는데 10번이나 유산한 산모도 있다고 하시며 희망을 주셨다. 나도 10번까지는 아니지만 자꾸 유산을 하니 불안해진다. K 대병원에서 시술을 시도하고 싶다고 하니 '난임 진단서'와 호르몬 검사 결과지를 M 산부인과에 가서 떼어오라고 하신다. 그렇게 우리는 M 산부인과에 가서 난임 진단서와 검사 결과지를 챙겨 일단 보건소로 갔다.

원래 내가 살고 있는 대전 지역은 '부부의 소득이 일정 소득 기준을 초과'하면 국가에서 난임 시술 지원을 해 주지 않았다. 즉 사비로 진행해야 하므로 시술하는 데만 백만 원이 넘게 들었다. 하지만 올해 2월부터 부부 소득 상관없이 20회차까지 나라에서 난임 시술을 지원해 준다. 덕분에 110만 원을 지원받았다.

난임 진단서를 받아 보건소에 가서 서류를 제출하고 '난임 지원 통지서'를 받아왔다. 그 서류를 시술할 병원에 제출하면 진료비가 지원되는 방식이다. 단, 3개월 안에 시술해야 한다. 4월에 신청했고 유효기간이 7월 25일까지였다. 보건소에 다녀오고 그렇게 몸조리하며 시간을 보내다 보니 유산하고 벌써 5개월이라는 시간이 흘렀다. 남편이 이제 진료비 지원 기간도 얼마 남지 않았고 5개월이나 쉬었으니 다시 시술을 해 보자고 한다. 그렇게 다시 K 대병원을 찾았다. K 대병원은 M 산부인과랑 쓰는 주사약도 용량도 전부 달랐다. 그래서 시술 과정을 처음 진행하는 느낌이었다. M 산부인과보다 용량도 세게 쓰고 맞아야 하는 호르몬 주사의 종류도 더 다양하여 주사 맞는 교육을 새로 받아야 했다. 이식한 날 '면역글로불린' 주사라는 유산한 사람 위주로 놔주는 링거를 2시간 동안 맞아야 했다. 지루할 법도 한데 남편이 내가 주사 맞는 동안 약국에 가서 약도 받아 오고 병원에서 기다려 주었다.

병원 원장님이 나랑 잘 맞았던 것인지 아니면 주사약이 나랑 잘 맞았던 것인지 임신이 바로 되었다. 1차 피검 때 58이 나오고 일주일 후에 다시 검사해 보니 800대가 나왔다.

그렇게 전원을 하자마자 바로 임신이 되었다. 아직 아기집을 볼 수 있는 시기는 아니지만 임신이 되었다는 것이 신기하고 놀라웠다. 원장님께서는 내가 유산 경험이 있어서 이에 맞추어서 처방을 계속해 주셨다.

M 산부인과 때와는 다르게 배 주사는 맞지 않고 호르몬 약과 질정 처방을 해 주신다. 이 약이 비급여라 약값이 좀 비싸지만 나는 이제 그런 거에 개의치 않는다. 아이만 생길 수 있다면 그깟 비용이 중요할까.

병원을 옮기며 처음 맞아 본 자가 배 주사이다. 퓨레곤은 펜처럼 생겼지만,
맞는 방법이 조금 복잡하고 까다로워 간호사에게 맞는 방법을 설명 듣고 왔다.

네 번째
유산

7주 차가 되는 날, 검진 날이라 산부인과를 찾았다. 당연히 '면역글로불린' 주사를 맞았으니 유산은 절대 하면 안 된다고 간절히 기도했다. 인터넷 후기를 검색해 보니 면역글로불린 주사를 맞아서 습관성유산(반복적유산)을 한 사람들이 무사히 아이를 출산했다는 후기들이 많았다. 하지만, 이상하게 병원 진료를 가는 날 아침부터 기분이 좋지 않고 불안한 마음이 들기 시작했다. 여자의 촉이란 게 무섭다는 걸 그날 느꼈다.

아이 출산을 하지 않는 사람들이 많다고는 하지만 산부인과에 갈 때마다 배가 볼록한 산모들이 가득하다. 게다가 진료 대기 시간도 길다. 진료 대기 시간 내내 '오늘은 제발 무사히 심장 소리를 듣고 아이가 잘 크고 있다는 소리를 들었으면 좋겠다.'라고 기도하였다.

기다림의 고백 그리고 희망을 향한 여정

드디어 간호사가 내 이름을 부른다. 초음파실로 우선 들어간다. 치마를 입고 가서 속옷만 벗어두고 의자에 눕는다. 원장님이 들어오신다.

"오늘 어디 불편한 데나 아픈 데는 있어요?"라며 증상을 물어보신다.

"배가 콕콕 쑤시고 불편한 거 말고는 없어요."라고 대답한다.

원장님이 초음파를 보시면서 한참을 아무 말이 없으시다. '뭔 일이지? 뭐가 잘못되었나?'라는 생각을 하고 있을 때 말을 시작하신다.

"아이 심장 뛰는 게 보이지 않네요. 보통 심장이 뛰면 깜빡깜빡해야 하고 빨간색이 보여야 하는데 보이지 않아요. 배 초음파로 봐서 그런 건가 싶기도 하고요. 3일 후에 다시 와서 최종적으로 초음파 보고 수술 진행해야겠어요."

"네?"

나는 놀라서 네? 한마디만 하고 아무 말도 못 했다.

결국엔 유산인 거 같다는 안 좋은 대답만 듣고 진료실을 나온다. 원장님은 또 유산해서 그런지 원인을 찾기 위해 유전자 검사 결과 차트를 보신다. 하지만 원인을 모르겠다는 말만 되풀이한다. 그런 말을 듣고 싶은 게 아닌데 아무 말도 귀에 들어오지 않는다. 소파술 날짜를 잡고 진료실을 나온다. 남편에게 전화를 건다.

"응, 병원에서 뭐래? 초음파는 잘 봤어?"

"그게 대박이(태명)가 심장이 또 안 뛴다네요."

남편이 스마트폰 너머 아무런 말이 없다. 그러고는 말한다.

"아니 면역글로불린 주사도 맞고 할 거 다 했는데 대체 뭐가 원인이래?"

"모른대요. 원장님이 그래서 소파술 날짜 잡고 그때 태아 염색체 검사해 보재요."

유산한 게 처음도 아니었는데 들을 때마다 힘들다. 좋은 이야기도 계속 들으면 질리는 데 안 좋은 결과를 들으니 힘이 빠진다.

3일 후, 다시 병원으로 간다. 초음파를 보고 아이의 심장이 안 뛰는 걸 최종적으로 확인한다.

입으로 먹는 마취약을 받아 혀 밑에 넣어 녹인다. 맛은 이상하지만, 마취가 된다고 하니 참고 먹는다. 그러고는 '국민행복카드' 지원금으로 수술비를 결제한다.

3층 분만실로 가서 호출한다. 소파술을 하러 왔다고 말씀드린다. 손등에 주삿바늘을 꽂는다. 주삿바늘을 통해 마취약(진통제)이 들어간다. 바로 잠이 들어 기억이 없다. 끝나고 깨니 수술실 침대에 덩그러니 누워 있다. 시술할 때부터 추웠는데 추워서 깼다. 주사약이 샜는지 침대보도 축축하다. 그래서 더 추웠다.

간호사를 호출한다. 이번에 마취가 잘 안되어서 마취약을 많이 투여했다고 말씀하신다.

기다림의 고백 그리고 희망을 향한 여정

마취약을 많이 투여해서 그런가? 머리도 아프고 몽롱하다. 이번에는 마취약 때문인지 올해 벌써 2번의 소파술을 진행해서 그런지 후유증이 오래갔다. 한 달 넘게 아팠다. 더운 여름날인데도 집에서 수면양말을 신으며 시린 발목을 보호했다.

3주 후에 결과를 들으러 다시 산부인과에 간다. 태아 염색체 검사 결과에 이상이 있다고 한다.

저번에 진행했던 태아 염색체에는 아무런 이상이 없었는데 이번에는 이상이 있다니….

원장님도 처음 보는 경우라 하시며, 찾아보고 설명을 해 주신다.

"염색체의 총 개수는 정상인데, 13번과 14번 염색체에 이상이 있네요. 원래 염색체가 2개씩 붙어 있어야 정상인데 14번 염색체 하나가 13번에 가서 붙었어요. 즉, 13번 염색체의 길이가 비정상적으로 기네요. 이걸 '로버트 소니안 전좌 이상'이라고 합니다. 로버트 소니안이라는 사람이 발견해서 이름을 붙인 거예요. 쉽게 설명해 드리면 그렇네요." 염색체 결과를 알고 충격을 받았다기보다는 오히려 아이를 출산했어도 다운증후군이나 기형아로 태어날 가능성이 있다고 인터넷에서 보게 되었다. 다운증후군이 있는 장애아로 태어날 바에는 초기에 유산된 게 다행이라는 생각이 들어 아이에게는 미안했다. 태아 염색체 결과를 들은 남편이 산부인과에서 배아를 수정하는 과정에서 잘못된 것 같다고 이야기한다. 결국에 우리는 연말까지 다시 몸도 만들 겸 자궁도 쉬어 줄 겸 쉬기로 한다. 내년 초에 서울에 있는 난임병원(차병원)에 가서 상담받고 시술을 다시 진행하기로 이야기를 나눈다. 그래도 남편이 위로해 주고 괜찮다고 해 주니 힘이 된다.

부부는 힘든 일이나 고난, 위기를 겪으면 더 돈독해지고 서로의 존재에 감사함을 느끼게 된다. 또한, 헤쳐 나가는 과정에서 서로의 생각이나 성격에 대해서도 더 알게 된다. 비록 유산이라는 힘든 일을 겪었지만 남편에게 든든함과 감사함을 느끼게 되었다.

기다림의 고백 그리고 희망을 향한 여정

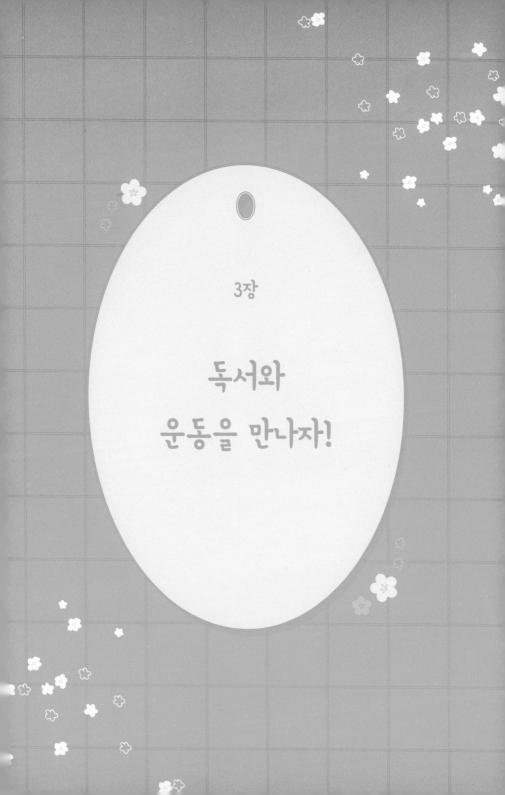

3장

독서와
운동을 만나자!

나를 위로해 주었던
독서 모임, 인독기

난임 스트레스로 인해 내 삶은 망가져 있었다. 그나마 회사라도 다니고 있으면 바쁜 업무 속에서 '임신'에 대한 생각을 덜 할 것 같았다. 남편이 공기업에 재직 중이니 나도 공기업에서 근무하고 싶었다. 하지만 정규직을 준비하기엔 자신이 없고 과정이 힘들어서 '계약직' 위주로 이력서를 제출하였다. 합격하여 필기를 보거나 면접을 보러 다녔다. 영어 통번역 자격증과 영어 통역 봉사활동을 했던 경험을 잘 적어 내서 그런가 면접을 보러 다닐 기회가 많았고, 운 좋게 공기업 계약직으로 근무를 시작하게 되었다.

회사에 다니기 시작하면서 분위기에 적응하고 업무로 바쁘다 보니 임신 생각을 할 마음의 여유가 없었다. 그리고 쓸 수 있는 연차 휴가에도 제한이 있다 보니 '시험관 시술'을 하러 다닐 시간도 낼 수 없었다. 그렇게 나는 2년 정도 회사에 다니며 임신 준비를 하지 않기로 했다.

하지만 회사 일과 인간관계로 인해 다른 스트레스와 피로가 쌓이기 시작했다.

회사 사람들만 만나다 보니 내 인간관계에 제약이 오는 것 같아 자기 계발도 하고 결이 맞는 새로운 사람들을 알아가고 싶었다.

그러다가 우연히 인스타로 오래 알고 지낸 사람이 대전으로 발령받아서 오게 되었다며 한번 만나자고 하였다. 대전에 왔으니 환영 인사도 할 겸 같이 저녁을 먹었다. 카페에서 이런저런 근황 이야기를 하다가 '온라인 독서 모임' 이야기가 나왔다. 본인이 독서 모임의 팀장을 맡게 되었다며 독서 모임 홍보와 자랑을 하였다. 본인이 1기 초창기 구성원이라 사람이 많이 없고, 나도 왠지 들어오면 잘 참여할 것 같다고 추천을 해 주었다. 독서 모임을 찾고 있던 터라 관심이 생겼다.

그 친구의 소개로 '온라인 독서 모임' 리더님의 인스타 계정을 팔로우하고 관심을 표현하며 이것저것 물어보았다. 바로 '인스타로 독서 습관 기르기' 줄여서 일명 '인독기'라는 모임이었다. 2021년에 가입하여 3년이 지난 지금까지 함께 하고 있다. 회사랑 집을 반복하는 일반 직장인들은 동호회나 모임이 아니고서는 다른 분야의 사람들과 친해지기가 쉽지 않다. 회사 사람들하고만 계속 만날 수는 없다. 세상은 넓으니 다양한 사람들과 만나며 많은 것을 배워야 한다. 그래서 나는 '독서 모임'을 선택했다. 건전하면서도 책을 읽으며 지식도 쌓을 수 있어 좋다.

인독기에 가입하게 되면서 삶의 변화가 시작되었다. 인독기는 이름에 걸맞게 독서 습관을 기르는 것이 목적이다. 책을 읽어도 기록을 남기지 않으면 기억에서 잊어버리고 읽어도 읽은 것 같지 않은 기분이 든다. 그런 우리의 기억력을 조금이나마 회복시키기 위해 매일 책을 읽고 인스타그램에 기록을 남기면 된다. 그나마 인독기를 통해 기록을 남기고 인증을 하게 되니 책을 열심히 읽게 된다. 조금이라도 글을 쓰고 인증을 해야 하니 의무감으로 하게 된 것이다.

책을 좋아하시는 리더님이 책을 읽고 함께 기록하고 성장하고자 인독기를 만드셨다고 한다. 인독기는 독서 모임이다 보니 책을 읽는 것은 기본이다. 게다가, 다양한 프로그램을 운영 중이다.

지금은 사라졌지만, "우리들의 에세이"라는 시간이 있었다. 줌으로 지정된 구성원의 개인 이야기를 듣는 시간이다. 그 시간을 통해 다른 사람의 삶과 생각을 알 수 있고 같이 울고 웃으며 더 가까워질 수 있었다. 나도 주인공이 되었던 적이 있다.

학창 시절 에피소드와 부모님에 대한 반항, 남동생과 나를 차별하신 부모님에 대한 서운함과 시험관 시술. 그리고 인독기에 들어오게 된 계기와 독서를 하면서 변화한 나의 모습들을 있는 그대로 이야기하였다. 인독기를 통해 정말 많은 것이 변하였다. 이제는 내 삶에 없어서는 안 될 인독기.

그리고 줌으로 하는 '리딩데이'시간이 있다.

리딩데이 시간에는 본인이 읽었던 책 중에 좋았던 책이나 추천해 주고 싶은 책을 들고 와서 추천 이유와 좋았던 구절을 읽으면 된다. '리딩데이' 시간이 끝나고 나면 구성원님들이 추천해 주신 책이 장바구니에 쌓여 간다.

매달 작가님을 초청해서 이야기를 들어보는 '작가초청'의 시간도 있었다. 줌으로 작가님의 이야기를 듣고 질문을 주고받는 시간이다. 주희 리더님의 섭외력에 매번 감탄한다. 이해인 수녀님과 김민 작가, 고명환 작가, 양원근 작가, 김익한 교수 등 유명한 작가님을 섭외하여 강연을 들었다.

그 밖에도 『유서를 쓰고 밥을 짓는다』, 『오나이쓰』 등의 책을 쓰신 김민 작가님이 운영하시는 '오나이쓰 챌린지'와 '뭉클 라이팅 클럽'이 있고 고전문학을 읽고 이야기를 나누는 '고전 클럽' 소설책을 읽는 '픽션 클럽', 자기계발서를 읽는 '성장 클럽' 등이 있다.

그리고 1년에 3~4번 정도의 오프라인 모임이 있다. 서울, 대전, 부산,

대구 등 구성원들이 사시는 지역에 모여 맛있는 음식을 먹으면서 이야기를 나눈다. 당연히 각자가 들고 온 책 사진을 찍고, 서로 책을 가져와서 선물로 교환을 한다. 작년 11월 11일에는 내가 거주하는 대전에서 모임이 있었다. 또, 작년 4월에는 인독기가 개설된 지 2주년이라 서울에서 2주년 모임도 했었다.

인독기에 3년간 참여하면서 자존감이 많이 높아졌고 책을 좋아하는 사람들과 알게 되면서 한층 성장했다. 예전처럼 우울해하거나 나를 자책하며 자신을 갉아먹지도 않는다. 오히려 책을 읽고 인독기에 함께 하면서 나라는 사람의 몰랐던 재능을 발견하였다.

'내가 이렇게 책을 진심으로 대하고 책을 좋아하는 사람이었구나. 또, 글 쓰는 걸 좋아하는 사람이었구나'라는 생각이 들었다. 나를 한층 성숙시켜준 인독기에 오래도록 함께 할 수 있음에 감사하다. 이제는 인독기가 없는 나의 삶은 상상할 수가 없다.

나만의
인생 책

책을 500여 권을 읽으면서 나를 위로해 주고 마음을 다잡게 해 준 책들이 많다. 내가 좋아하는 작가 중에 한 사람이 바로 김민 작가님이다.

김민 작가님은 남자이시지만 여자 작가처럼 표현력이 섬세하고 관찰력이 뛰어나신 편이다. 『유서를 쓰고 밥을 짓는다』 책을 통해 김민 작가님의 매력에 반하게 되었고, 팬이 되었다. 그 이후로 김민 작가님이 신간을 출간하시면 꼭 사서 읽어보게 된다. 나의 삶을 변화시켰던 김민 작가님의 책 두 권을 소개해 보고자 한다.

1. 『유서를 쓰고 밥을 짓는다』

작가님은 가난한 형편과 아버지의 죽음 그리고 손목에 줄을 그은 자살 시도, 오래 연애한 연인과의 이별 등도 글쓰기의 소재로 쓰고 있다. 다른 사람에게는 부끄럽고 숨기고 싶은 과거를 글로 승화시켜 이마저도 에세이로 쓰고 있어서 더욱 잘 읽힌 책이다.

작가님은 유서를 써서 친한 친구에게나 가족에게 준다고 한다. 유서를 쓰면서 평범하고 반복되는 하루에 감사하게 되며 삶을 바라보는 관점이 달라졌다고 한다. 책에 좋은 구절들이 너무 많지만, 그중 내가 좋았던 구절을 일부 보여 주고 싶다.

당시에는 실패라고 여긴 일이 생의 일부임을 깨닫게 된다. 모든 게 끝났다고 여길 때 새로운 무대가 준비됨을 알게 된다. 지나온 날들은 모두 아름답다. 아름답지 않은 기억일지라도 아무런 의미도 없었던 건 아니었다. 여전히 사는 건 뜻대로 되지 않지만, 이제는 안다. 지금 역시 생의 서사를 위해 반드시 필요한 장면이라는 사실을. 단지 지금은 의미를 알 수 없을 뿐이다. 일이 뜻대로 풀리지 않아도 상황에 맞서 대응한 행동이 인생이 된다. 마음먹은 대로 살아 낸 순간이 모여 내가 된다. (p.75 「인생을 맛보았을 뿐이다」 중에서)

2.『지은이에게』

2023년 11월에 출간된 책이다. 제목의 '지은이'가 사람 이름이 아니라 '모든 글 쓰는 지은이(작가)'를 위해 쓴 책이라고 한다. 책 표지가 화려하지 않고 단순해서 반응이 좋았는데, 내용도 화려한 미사여구로 표현된 글이 아닌 마음을 다해 쓴 글이라 더 좋았다. 플래그가 많이 붙었을 정도로 좋았던 내용이 많았다.

유일한 방법이라 믿었다면 그것만이 옳은 선택이었죠. 지금 마주한 결과를 책임진다면 이곳이 최선의 상황인 거죠. 실패나 성공은 본질이 아니에요. 무너지면 어때서요. 다시 일어서면 그만이죠. (p.33 「지도를 만드는 사람」 중에서)

인생 책을 만나기 위해서는 평소에 독서해야 한다. 시간이 없다는 핑계를 대지 말고, 출퇴근 시간, 대중교통을 타고 이동하는 시간, 잠자기 전 등 자투리 시간을 활용하여 독서를 해 보는 것은 어떨까.

기다림의 고백 그리고 희망을 향한 여정

서평단 활동,
이렇게 재미있을 줄이야

인독기를 하면서 책을 많이 사다 보니 책값에 드는 비용을 무시할 수 없었다. 외벌이하는 남편의 눈치도 보이고 신간 책들은 읽어보고 싶었다. 그러다가 우연히 출판사 계정 피드에서 서평단을 모집한다는 글을 보게 되었다. 책을 협찬해 주는 조건으로 책의 내용을 홍보해 주고 후기를 작성해 주면 된다. 돈이 드는 것도 아니고 내가 좋아하는 책을 읽고 글을 쓰는 활동이니 어렵지 않았다. 닥치는 대로 여러 분야의 책을 신청하기 시작했다.

원래 나는 에세이나 자기 계발 책을 선호하는 사람이었는데 서평단 또는 서포터즈 활동을 하면서 소설이나 철학, 인문 등의 다양한 분야의 책을 읽게 되었다.

또 출판사에서는 서포터즈나 서평단을 뽑으면서 우수 서평자에게는 다양한 선물을 준다. 보상을 받으려고 책을 읽고 글을 쓰는 건 아니지만 동기 부여가 되어 더 책을 열심히 읽고 열심히 쓰게 된다. 책 편식을 하는 사람들에게 서평단을 추천한다. 2~3주라는 기한 내에 책을 읽고 후기를 써야 하는 강제성이 있는 만큼 어떻게든 책을 읽어야 한다. 나도 서평단을 하면서 책을 다양하게 골고루 읽게 되었고, 서평을 쓰다 보니 글 실력이 조금씩 좋아지는 게 보인다.

서평에는 특별한 양식이 없다. 양식이 없다 보니 쓰고 싶은 대로 글을 쓰면 된다. 또 서평을 읽은 다른 애독가들이랑 댓글을 달고 소통하면서 다른 책을 추천받게 된다. 서평을 쓰면 단점보다는 장점들이 훨씬 많다. 출판사 홍보 담당자와 소통하게 되고, 이는 나중에 내가 책을 출간하게 되었을 때 정보를 얻거나 투고할 때 도움이 된다.

서평단을 하면서 받은 책들로 우리 집에는 책 짐이 가득하다. 책 짐이 은근히 많다 보니 나는 다 읽은 책들을 나눈다. 더 필요한 사람들에게 혹은 더 잘 읽고 후기를 써주실 분들에게 착불로 택배를 보낸다.

내 글의 절반 이상은 서평단을 하면서 얻어진 내공이다. 물론 지금도 필력이 부족하지만, 서평단을 하면서 확실히 글을 많이 쓰게 되었다. 출판사나 다른 독자들에게 보여 줄 글을 써야 하므로 더 심혈을 기울여 글을 쓰게 된다. 그러다 보니 좀 더 진지하게 글을 쓰게 되고 퇴고를 한 번 더 하게 된다. 그래서 나는 여러 가지 면에서 서평단 활동을 선호한다.

$$4$$

운동을
일절 안 했다

운동을 안 하니 살이 찌는 것은 기본이고 아픈 데가 많았다. 매번 병원이나 의사 선생님과 친구를 맺을 순 없었다. 의사와 절연하는 한이 있더라도 건강을 생각해야 할 때가 왔다.

신혼 때는 자전거를 같이 타려고 큰 자전거를 샀다. 초반에는 남편과 헬멧을 쓰고 옷을 입고 자전거를 타는 행동 자체가 재밌고 즐거웠다. 그러나 자전거 사고가 잦다는 말을 들으니 더 이상 자전거를 타는 것도 싫었다. 그다음으로 테니스를 하기로 했다. 남편은 이미 회사에서 주 2회, 20분씩 테니스 개인지도를 받고 있었다. 테니스 개인지도를 받는다고 테니스 라켓을 갖고 있었고, 나보고도 함께 쳐보자며 제안하였다. 테니스용품점에 가서 이쁜 테니스 라켓을 골랐다.

테니스를 주말에 몇 번 치러 갔었다. 아직 초보라 랠리는 되지 않아, 남편에게 서브만 넣어 주며 같이 운동했다. 한여름에도 땀을 흘리며 남편이랑 운동하는 자체가 재미있었다.

하지만 류머티즘성 관절염으로 인해 오른팔이 아프고 잘 펴지지 않자, 테니스 라켓으로 공을 서브하는 것 자체가 괴롭고 힘들었다. 팔의 통증 때문에 테니스를 더 이상 할 수가 없었다.

결국에 테니스는 중단하게 되었다. 운동을 뭐 할지 알아봤다.

헬스는 내가 왠지 안 갈 것 같고, 동네에 있는 '커브스'를 갈지 고민만 하고 있었다. 어느 날 남편과 동네를 걷다가 앉아서 우연히 위를 올려다 보았는데 '서연 점핑 센터' 간판이 보인다.

'이건 내가 점핑 운동하라는 신호인가 보다.'

어렸을 때 트램펄린도 뛰어본 적이 없던 내가 점프대 위에서 음악에 맞춰 신나게 몸을 흔들고 뛰는 동영상을 보니 하고 싶어졌다.

그렇게 며칠 후 나는 점핑 센터의 코치에게 전화한다. 일단 무료 체험을 해 보고, 결정하라고 하신다. 저녁 7시로 방문 예약을 잡는다. 가서 30분 정도 신나게 뛰어보니 땀도 나고 운동도 되는 것 같고 재미있다. 매니저의 설명을 꼼꼼히 듣고 일단 1개월 등록을 한다.

운동을 하기 전에는 운동하는 것이 귀찮고 싫었는데, 점핑 하고 나서

점핑 운동의 매력에 빠지게 되었다. 20분만 뛰어도 땀이 많이 나고 숨차
면서 살이 쭉쭉 빠진다.

점핑 운동의
매력

그렇다면 대체 점핑의 매력은 무엇일까? 점핑은 관절에 무리가 갈 것이라고 생각을 많이 한다. 하지만 점핑은 점프대 위에서 뛰는 것이므로 맨바닥 위에서 뛰는 운동보다는 무리가 덜 간다.

점핑은 매일 음악이 바뀐다. 코치님이 점핑 동영상 화면을 틀어 주시면, 화면에서 나오는 음악에 맞춰 신나게 뛰고 팔을 움직이며 동작한다. 몸치, 박치여도 상관없다.

게다가 좋은 게 어린아이부터 아저씨 심지어 60대 아주머니까지 다양한 연령대의 사람들이 운동하고 계신다. 이미 몇 년을 하셔서 베테랑인 회원도 있다.

내가 10대 때 들었던 옛날 댄스음악부터 요즘 아이돌 가수가 부르는 최신 음악까지 다양하게 들으면서 신나게 할 수 있다. 또 좋은 점은, 점핑 하면서 스트레스도 풀린다.

뛰면서 몸을 격렬하게 움직이니 심장박동도 빨라지면서 스트레스가 확 풀린다. 무엇보다도 점핑 하면 단기간에 살이 금방 빠져서 단기 다이어트가 필요하거나 결혼을 앞둔 예비 신부들도 선호한다. 점핑 하기 전에는 몸치에 박치라 걱정을 많이 했다. 하지만 그런 걱정은 시작하면서 없어졌다.

코치님이 운동 전에는 가볍게 몸풀기도 해 주고 수업이 끝나면 근력 운동이나 스트레칭을 10분 정도 해 주신다. 그걸 따라 하고 있으면 온몸이 뻐근하다가도 금방 시원해지는 기분이다. 점핑 수업이 끝나면 식단 관리나 운동하는 방법도 자세하게 알려 주시고, 단백질 셰이크를 만들어 주셔서 마시고 나와 그걸로 저녁을 해결할 때도 있다. 확실히 나도 3개월 정도 다녔는데 6kg 정도 빠졌다. 아무리 열심히 걸어도 살이 단기간에 안 빠지는데 점핑 하고 나서 체중계의 앞자리 숫자가 바뀌었다. 오랜만에 느껴 보는 성취감과 뿌듯함이었다.

내가 운동으로 땀 흘리고 난 뒤의 성취감과 만족감을 느껴본 게 언제였던가. 기억이 가물가물한데 점핑을 만나 그걸 느끼게 되었다.

하지만 시험관 시술도 해야 하고 관절염이 더 심해져서 더 이상 점핑 수업을 하지 못했다. 그렇게 점핑 운동을 안 하니 몸이 다시 예전처럼 돌아가게 되었다. 그래도 나는 아이 출산을 하고 나서 혹은 관절염이 좀 괜찮아지면 다시 배울 의향이 있다.

독서와 운동의
긍정적인 결과

독서와 운동을 하면서 내 삶은 몰라보게 달라졌다.

독서와 운동을 하기 전에는 끊임없이 다른 사람과 비교하고 질투를 하며 나를 자책했다.

사람마다 각자의 재능과 장점이 있고, 말을 안 해도 다 각자만의 고민이 있다는 것을 그 당시에는 인지하지 못했다. 남이 아닌 내가 나를 힘들게 하고 있었다. 또, 과거의 나는 자존감은 낮았고 자존심만 셌다.

하지만 책을 읽기 시작하고 운동을 하면서 긍정적인 모습으로 변하게 되었다. 무엇보다도 가장 큰 변화는 난임 스트레스를 덜 받게 되었다는 것이다. 자신을 사랑하게 되면서 나에게 칭찬을 많이 해 주기 시작했다.

사람은 누구나 실수할 수 있고, 잘못을 할 수 있는데 실수를 많이 하면서 더 자존감이 낮아졌다. 하지만 나를 먼저 아껴주고 챙겨줘야 한다는 것을 책을 읽으면서 느끼기 시작했다. 그리고 모르는 것이 당연한데 모르는 것을 창피해하고 자존심이 상해 모른다는 이야기를 쉽게 하지 못했다. 이제는 모르면 모른다고 솔직하게 고백하고 배우려고 한다. 모른다는 것을 인정하고 나니 마음이 너무 편하다.

책을 읽다 보면 시간이 금방 지나간다. 책에만 집중하고 있으면 언제 시간이 갔는지도 모르게 하루가 너무 잘 흘러간다.

독서하다 보면 난임과 시험관 시술에 대한 스트레스를 조금이나마 잊을 수 있다. 책을 읽기 전에는 계속 유산에 대한 안 좋은 기억과 난임에 관한 생각으로 하루를 허비했다. 그러면서 자꾸 우울해지고 안 좋은 생각을 많이 했었다. 예전에 그렇게 시간을 허비했던 나 자신이 이제는 싫을 정도로 책을 읽는 시간을 소중하게 생각하고 만족하며 지내고 있다. 독서하고 글을 쓰는 행위가 이제는 하나의 루틴으로 자리 잡았다.

혹시나 아직도 난임과 시험관 시술로 인해 예민해지고 스트레스를 받고 있는가? 그렇다면 책을 읽고 운동을 해 보는 게 어떨까? 책을 읽으면서 생각이 긍정적으로 변하게 되고 그러면 분명 임신도 성공할 것이다.

4장

긍정적인
생각을 위한 루틴

3년째 쓰고 있는
감사 일기

2021년 1월 2일이 내가 감사 일기를 블로그에 쓰기 시작한 날짜이다.

우연히 고등학교 때 영어 선생님이 블로그에 감사 일기를 쓰시는 걸 유심히 보았다. 감사 일기의 좋은 점을 알려 주신 선생님을 따라 '나도 한번 해 볼까?' 하는 생각이 들었다. 왜 하필 1월 1일이 아니고 1월 2일 이었을까? 새해 첫날부터 감사 일기를 써야지 하고 결심하고 2일째부터 실행에 옮겼다. 그렇게 블로그에 3년간 매일 빠지지 않고 감사 일기를 쓰고 있다.

주로 저녁 9시~11시 사이에 감사 일기를 썼고, 늦어지더라도 새벽에 자기 전에는 꼭 감사 일기를 쓴다. 감사 일기를 쓰기 전에는 느끼지 못했다. 나도 그전까지는 '설마 감사 일기가 효과가 있겠어?'라고 생각했으니까. 아마 대부분의 사람이 감사 일기의 효과를 의심하거나 쓰더라도 도중에 중단한다.

감사 일기는 사실 거창한 것이 아니다. 한 줄을 쓰더라도 '~해서 감사합니다. ~되어서 감사합니다.'라며 사소한 것도 감사하는 내용의 일기를 쓰면 된다. 다른 사람들에게는 그저 사소하고 평범한 일도 나는 그냥 넘기지 않고 감사 일기의 내용으로 모두 다 적었다. 그랬더니 놀라운 일이 일어났다.

감사 일기를 쓴 이후로 나에겐 좋은 일들이 많아졌고, 이벤트나 경품 당첨도 자주 되었다. 게다가 지인들로부터 선물도 많이 받았다. 특히 책 서평단 당첨이 많이 되었다. 감사가 감사를 부른다고 자꾸 감사한 일들이 연이어 일어나니 나보고 주변 지인들이 '럭키 걸' 혹은 '행운의 여자'라는 말을 많이 하신다. 나는 이게 다 감사 일기의 효과라고 믿는다.

재작년에 있었던 고속도로에서의 아찔한 교통사고에도 놀라기만 하고 부상이 없었던 것도 감사 일기 덕분이다. 감사 일기가 아니었으면 나에게 좋은 일들이 일어나지 않았을 것이다.

작년부터는 감사 일기가 아니라 감마칭 일기라고 해서 '감사, 마음, 칭찬 일기'로 변형하여 쓰고 있다. 마음 일기를 쓰니 내 감정을 돌아다볼 수 있게 되었다. 슬프거나 힘들었던 감정 혹은 화나고 기뻤던 감정을 솔직하게 쓸 수 있어서 좋다.

또, 칭찬 일기를 쓰면서 나 자신을 칭찬할 수 있게 되었고, 자존감이 높아졌다.

칭찬 일기가 아니었으면 나를 칭찬하지 않았을 것이다. 나 자신을 칭찬해 주고 격려해 주는 것이 가장 중요하지만 은근히 어려운 일이다. 감마칭 일기를 통해 감사했던 일을 생각하며 감정과 마음을 들여다보고 칭찬을 해 보는 것은 어떨까?

'시각화'와 '긍정 확언'으로
나를 돌보다

성공한 사람들이 강조하는 비법이 있다. 바로 '상상하기와 시각화'이다.

시각화란 내가 이루고 싶은 것들을 이루었다고 생각하며 큰 소리로 내뱉는 것이다.

상상만 하는 것보다 실제로 입 밖으로 내뱉는 것이 효과가 좋다고 한다. 나 같은 경우도 시험관 시술을 하고 온 날 시각화를 했었다. 그리고 실제로 임신했었다. '나는 올해 건강한 아이를 임신하여 출산한다.'를 여러 번 입 밖으로 말했다. 문장은 너무 길어도 안 되고 구체적으로 명확하게 말하는 것이 좋다.

주변 사람을 보니 '책을 출간하여 세바시와 아침마당에 출연한다.', '올해 책을 출간하여 베스트셀러 작가가 되어 강의를 다닌다.' 등 구체적으로 목표를 정해서 큰 소리로 외치고 있었다. 한두 번 말해서는 안 되고 노트에 매번 100번씩 적고 난 뒤 그걸 또 계속 중얼중얼 말하면 된다.

『떡볶이 팔면서 인생을 배웁니다』의 작가인 도정미 작가님을 만나러 대전의 한 떡볶이 가게에 간 적이 있다. 〈세바시〉 강연도 하시고 〈KBS 대전 아침마당〉에도 출연하신 적이 있는 유명 인사다.

그 작가님은 직접 긍정 확언을 쓴 노트를 보여 주셨고 '매일 오후 3시 33분'에 알람을 맞춰놓고 큰 소리로 외친다고 한다. 럭키 넘버라고 해서 마음에 드는 시간은 본인이 편한 시간으로 정하면 되고 매일 알람이 울릴 때 외치면 된다. 그랬더니 정말로 작년에 책을 출간하시고, 〈세바시〉와 〈아침마당〉에까지 출연하셨다. 그 작가님을 통해 정말 시각화의 효과를 믿게 되었다.

시각화가 사실 어려운 것은 아니지만 귀찮고 부끄러운 행동이다.

하지만 남이 보는 것도 아니고 집에서 나 혼자 외치는 것이라 의지만 있으면 충분히 할 수 있다.

유산하고 마음이 좀 힘들어서 한동안 시각화와 긍정 확언을 하지 못했는데 이제부터 다시 시작해야겠다. 일단 알람을 3시 33분에 맞춰놔야지. 그리고 외쳐야겠다. '나는 시험관 시술에 성공하여 튼튼이를 출산한다.'

또, 아이를 출산하여 함께 시간을 보내는 모습을 상상해야지. 상상만 해도 벌써 아이 엄마가 된 것 같은 행복한 감정이 든다.

매일 글쓰기 및
공저 책 출간

글을 본격적으로 쓰기 시작한 지는 불과 1년도 채 되지 않았다. 내가 쓴 글이라곤 감사 일기와 일기 그리고 서평이 전부였다. 안 좋은 감정을 가지고 글을 쓰면 하소연 글밖에 되지 않았다. 나중에 다시 읽으면 부끄러운 글.

그럼 내가 글을 쓰게 된 계기는 무엇이었을까.

본격적으로 글을 쓰게 된 계기는 〈책과 강연〉에서 주관하는 '백일 백장' 글쓰기였다.

100일 동안 매일 글을 쓰면 100장이 된다는 취지로 글을 쓰는 습관을 들이기 위한 것이다. 주말에도 공휴일에도 글을 써서 인증해야 수료가 된다. 수료한다고 해서 보상이나 선물은 없지만 자기만족과 글쓰기 습관을 들이기 위한 좋은 방법이었다. 나는 두 번이나 완주했다. 총 200일.

이제는 '백일 백 장'이라는 족쇄가 없어도 습관처럼 매일 글을 쓰고 있다.

'백일 백 장'을 할 때에는 인증과 완주를 하기 위해 억지로 글을 썼지만, 이제는 하나의 루틴이 되어서 매일 글을 쓰지 않으면 허전하다.

이렇게 매일 글을 쓰다 보니 작년에 『7년 차 난임부부입니다』라는 제목으로 전자책을 출간했다. 전자책에 이어 올해에는 『글로 옮기지 못할 인생은 없습니다』와 『책 한잔 어때요』 공저 책을 출간했다. 알라딘, YES24, 교보문고에서 내 책을 살 수 있는 신기한 경험 중이다. 글을 쓰면서 경험한 일이라 신기하다.

나는 글을 꼭 써야만 하는 사람이다. 잘 까먹고 기억을 못 하는 사람이라 글로 꼭 기록을 남겨놓아야 한다. 무엇보다도 결혼한 지 8년째인데 아직 아이가 없는 난임부부라서 더 글을 써야 한다.

2번의 인공수정과 6번의 시험관 시술, 중간에 유산 4번을 경험한 '난임부부'.

시험관 시술 과정들을 기록하고, 나와 같은 '난임부부'들에게 공감과 위로, 용기를 주고 싶다는 생각이 들기 시작하였다. 나처럼 아기를 간절히 원하지만, 아기를 가질 수 없어서 힘든 시간을 보내고 있는 난임부부들 특히 예비 엄마들에게 도움이 되고 싶었다. 엄마들은 혼자서 배에 주사를 놓고, 나팔관 조영술이나 자궁근종 제거와 같은 아픈 과정을 혼자서 이겨 내야 한다. 하지만 남편들은 여자를 전부 이해하지는 못한다.

다른 사람에게 도움이 되고자 하는 마음으로 글을 썼지만, 나에게도 많은 변화들이 있었다.

글을 쓰기 전에는 다른 사람들의 조언과 오지랖들에 상처와 스트레스를 많이 받았다. 정신과 상담까지 가지는 않았지만 우울하고 암울했다. '나는 쓸모가 없는 사람'이라며 나 자신을 많이 자책했다.

하지만 글을 쓰기 시작하면서 내 마음가짐도 생각도 달라졌다.

글을 쓰기 이전에는 시험관 시술 결과가 좋지 않거나 임신에 실패하면 울거나 우울한 감정이 오래도록 나를 지배했다. 글을 쓰고 나니 '시험관 시술은 비록 실패했지만 시험관 시술 과정들과 결과들을 하나하나 기록해 놓으면 나중에 이것도 기록물이 되니깐'이라는 생각을 하게 되었고 이렇게 쓴 글들을 책으로 출간해서 많은 사람이 읽게 되었다.

그렇게 매일 글을 쓰면서 공저 책인『글로 옮기지 못할 인생은 없습니다』를 올해 초 출간하였다. 원래는 개인 저서인 난임 에세이를 먼저 출간할 계획이었는데 우선 공저 책을 출간하여 자신감을 얻고 싶어서 계획을 변경했다. 공저 책 덕분에 작가라는 타이틀도 얻었고, 개인 책을 쓰는 데 도움이 되었다.

공저 책을 출간하면서 느낀 것은 글은 꾸준히 써야 한다는 것이다. 글

쓰는 것도 습관이다.

베스트셀러 작가들도 한순간에 그렇게 글을 잘 쓰지 않았을 것이다. 타고난 재능도 있지만, 글을 자주 쓰면서 고쳐나가고 다듬으면서 필력이 좋아지고 글에 대한 감각이 생기게 된다.

주변에 글을 꾸준히 쓰지도 않고 책을 출간하고 싶다는 생각만 하는 사람이 은근히 많다. 글을 써야 책을 출간할 수 있지 않는가. 책도 많이 읽고 글도 꾸준히 쓰자. 매일까지는 부담스럽다면 자주 쓰자.

북토크와 강연을 통한
위로

　독서하게 되면서 새로운 취미가 생겼다. 바로 저자의 북토크나 사인회 등에 다니는 것이다.

　책을 사서 모으는 것도 취미가 되었지만 내가 읽었던 책 혹은 이미 소장하고 있는 책의 작가님이 대전에 북토크나 강연을 오신다고 하면 시간을 내서 가려는 편이다.

　최근에 김민철, 김민섭 작가와 은유 작가님, 임유영 시인, 천선란 소설가와 김연수 소설가의 북토크를 다녀왔다. 또, 4주 동안 진행된 김석영 시인과 김민영 작가이자 서평가의 강의에도 다녀왔다.

　또, 우리 동네 도서관은 아니지만 '한석준' 아나운서의 책 출간 기념 강연에도 다녀왔다. 운이 좋으면 작가님이 직접 책에 사인을 해 주시고,

사진도 찍어 주신다.

작가 북토크를 다니게 되면 많은 것을 배우게 된다. 작가님이 미처 책에서는 말하지 못했던 내용은 기본이거니와 책을 쓰면서 있었던 뒷이야기나 실화 등을 이야기해 주신다. 이런 게 바로 북토크의 매력이다.

하지만 모든 북토크에 가지는 않는다. 나만의 기준이 있다.

바로 집에서 대중교통으로도 가기 힘든 곳이거나, 시간이 오래 걸릴 것 같은 곳은 가지 않는다. 북토크를 가는 과정은 시간과 체력을 써야 하기 때문이다. 나는 대전 유성구에 살고 있어서 유성구에 있는 북 카페나 도서관 위주로 다닌다.

만약에 같이 가는 일행이 차가 있으면 만나서 같이 이동하는 경우는 있다. 내가 좋아서 즐거워서 가는 북토크인데 가는 길에 스트레스를 받으면서까지 갈 필요는 없다.

책을 읽는 사람들은 북토크나 강연을 쫓아다니는 나의 마음에 공감할 것이다. 가수 콘서트를 따라다니는 것처럼 나도 작가 북토크에 다니면서 스트레스도 풀고 많은 것을 배우고 온다.

다른 사람의
임신 소식을 듣지 않기

"오늘 어떤 직원 임신했다고 하네. 초기래. 결혼한 지 1년도 안 된 신혼인데 벌써."

아무리 내가 다른 사람의 임신 소식을 안 들으려고 해도 눈치 없는 남편은 굳이 임신 소식을 나에게 이야기한다. 돌잔치에는 한 번도 가지 않았지만 친절하게 전해 주는 다른 사람의 임신 소식이 나에게는 또 스트레스였다. 요리조리 잘 피해도 결국엔 듣게 되는 임신 소식. 임신 소식만 전하면 다행인데 남편은 항상 끝에 꼬리를 붙인다.

"다른 사람은 잘만 임신하는데 우리는 임신도 안 되고."이다.

내가 아무리 임신 소식을 안 들으려고 지인을 잘 안 만난다고 해도 남편의 주변 지인들이 임신 소식을 전하면 피할 도리가 없다.

설령 임신 소식을 들었다고 해도 내 앞에서는 그런 말을 곧이곧대로 전달할 필요는 없는데….

'남이 임신한 것이 뭐가 중요한데. 우리가 임신해서 건강한 아이 낳으면 되는 거지'라고 생각을 한다. 한번은 내가 남편에게 이야기한 적이 있다.

"오빠, 굳이 임신 소식을 전달해야 해요? 나는 다른 사람의 임신 소식이 즐겁지 않아요. 설령 듣더라도 그냥 이야기하지 마요."

그러면 남편이 또다시 맞받아친다. "나도 스트레스받고 힘들어. 우리는 아이가 안 생겨서 고민인데 자꾸 임신 소식이 들리니. 담배 피우면서 듣고, 사무실에서 아이 아빠들끼리 아기 이야기만 하니…." 남편도 오죽 답답하고 스트레스 받았을까. 남편의 대답을 듣고 나니 괜히 숙연해진다. 최근에 남편이 이야기한다. "예전에는 아이를 봐도 아무렇지 않았는데 우리가 안 좋은 경험이 있어서 그런가 지나가는 아기만 봐도 너무 귀여워 눈이 간다. 아기가 너무 귀엽다."라고. 그 말을 들은 나는 또다시 울컥한다.

나도 아이를 좋아하지만, 티를 안 냈는데, 아무렇지 않아 보이던 남편이 그렇게 이야기하니 '남편이 정말로 아이를 간절히 원하는구나'라는 생각이 들어 안타깝기도 하고 괜히 미안한 감정이 복합적으로 든다.

혹시나 주변 사람의 임신 소식을 듣기 싫은가? 그러면 일단 남편의 입

단속부터 하자.

제일 가까운 남편이 적이 될 수가 있다. 우리는 아이를 같이 준비하는 동지이지 적이 아니다. 괜한 임신 소식 뉴스로 서로 감정 상하지 말자.

기다림의 고백 그리고 희망을 향한 여정

맛집을 가기 위해
드라이브한다

남편과 나는 먹는 것을 참 좋아한다. 많이 먹는 편이라 살도 많이 쪘다. 남편이 회사를 출근 안 하는 휴일이나 휴가 혹은 주말에 우리는 목적지를 딱히 정하지 않고 드라이브하러 다닌다. 대전 근교인 충청도나 전라도 혹은 남편이 학창 시절을 보냈던 수원 지역으로 간다.

남편이 운전하면 나는 조수석에 앉아서 맛집이나 카페를 검색한다. 후기가 좋은 맛집 위주로 가는데 성공하는 때도 있고 실패하는 때도 있다. 역시 후기는 다 믿으면 안 된다.

남편은 술을 마시는 사람이라 국밥을 좋아하는데, 국밥이나 해장국 맛집도 웬만하면 다 돌아다녔다. 우리가 선호하는 국밥집은 대전 중구에 있는 '유성순대'이다.

'오문창 순대국밥'도 맛있지만, 남편 입맛에는 유성 순대가 더 낫다고 한다.

유성 순대는 시댁 근처에 있는 가게라 시댁에 가면서 들른 적도 있고, 일부러 찾아갈 때도 있다.

그다음 좋아하는 곳은 전주에 있는 '현대옥 본점'이다. 남편은 본점이 제일 맛있다며 웬만한 가게는 본점을 애용한다. 내가 먹어봐도 본점이라 그런지 콩나물국이 여기가 맛있다.

게다가 '메밀전병'이나 '오징어튀김'도 별미이다. 우리는 국밥을 먹으러 가면 오징어튀김을 추가로 시켜 먹는다. 전주는 우리 동네에서 차로 1시간~1시간 30분 정도면 갈 수 있는 곳이라 가기에 부담스럽지 않다. 마지막으로 대전 현충원 근처에 있는 '추어 명가 본점'이다.

시험관 시술을 하거나 소파술을 하고 온 날 몸보신으로 추어탕을 자주 먹었다. 추어탕도 어느새 나의 최애 음식이 되었다. 여러 곳의 추어탕을 먹어 봤지만, 남편도 나도 여기 추어탕이 제일 맛있다. 그래서 남편 회사 동기 부부가 대전에 오셨을 때도 추어탕을 대접했는데 맛있다고 다음에 또 와야겠다고 말씀하셨다. 이 글을 쓰고 있으니 갑자기 또 추어탕이 생각난다.

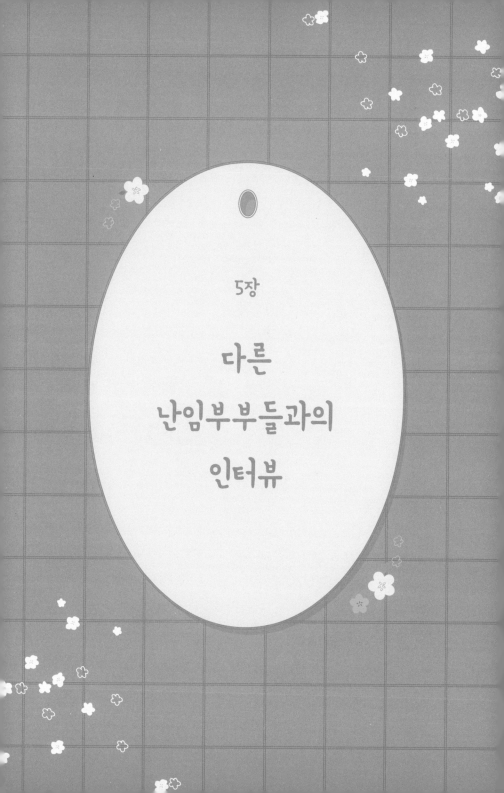

5장

다른
난임부부들과의
인터뷰

* 희망과 선호에 따라 몇 분은 가명을 사용했습니다.

수민 님

미영 　안녕하세요, 우선 힘들고 어려운 난임에 관한 인터뷰를 선뜻 하신다고 하셔서 다시 한번 감사드립니다. 제가 몇 가지 질문을 드릴 건데요. 곤란한 건 답변 안 하셔도 됩니다.

1. 결혼한 지 몇 년 되셨나요? 본격적으로 임신을 준비한 기간을 여쭤봐도 될까요?

수민 님 　결혼한 지는 올해 10년 차이고, 임신 준비 기간은 8년 정도 됐어요.

미영 　결혼하신 지 10년 되셨군요. 저랑 2년여 정도 차이가 나네요.

2. 인공수정이나 시험관 시술을 해 보신 경험은 있으신가요? 있으시다면 기억나는 대로 자세하게 알려 주세요.

수민 님　　처음부터 시험관 시술했어요. 35살에 결혼해서 2년 조금 넘도 록 편하게 지내다 병원을 찾았는데 나팔관 폐쇄와 난관수종, 난소기능 저하여서 시험관 시술을 시작하게 됐어요. 현재까지 총 8회 했어요.

미영　　　8회나 하셨었군요. 원인이 있으니 더 많이 힘드셨겠어요.

3. 그럼, 난임을 겪으면서(시술하는 동안) **어떨 때가 제일 힘드셨나요?**

수민 님　　난관수종 수술하고 바로 시험관 시술을 시작했는데 난관수종 수술한 곳이 워낙 유착이 심해서 과배란 하는 중 계속 자극이 돼서 아프고 난자도 안 자라고 안 생기더라고요. 설상가상으 로 1~2개 생겼지만, 공 난포도 나오고 그랬어요. 처음 시술을 할 때 수술만 하고 시술하면 다 임신 되는 줄 알았는데 쉽지 않 은 일이란 걸 알고 크게 충격받았어요. 과배란에 반응 없는 난 포에 겨우 채취 후 공 난포에 어렵게 이식했지만, 착상에 실패 하였지요.

미영   정말 마음고생이 많으셨을 것 같아요. 난자가 안 자라는 것도 힘든데, 공 난포까지….

공 난포로 인해 냉동 배아는커녕 이식조차 안 되는 경우가 많다고 하더라고요.

4. 아이를 원래부터 갖고 싶으셨나요? 아니면 주변 환경이나 배우자 혹은 부모님들 때문에 생각이 바뀌신 건가요?

수민 님   아이를 워낙 좋아하기도 하지만 20대 때 아픈 경험으로 결혼도 안 하고 독신으로 지내려다 좋은 남편 만나 결혼했어요. 하지만 삶이란 게 쉽지 않다는 걸 알기에 아이 없이 살자 했어요. 물론 남편도 동의했었고요. 그러다 남편이 해외파병을 가게 됐는데, 교육 기간 중 하루를 마무리하는데 저희만 영상통화에 아이 없이 통화하는 게 마음이 이상하더래요. 그래서 8개월 동안 파병 가서 서로 몸 만들어 아이를 낳자 했는데 알고 봤더니 저에게 문제가 있더라고요.

미영   그러셨군요. 수민 님도 말씀을 안 하셔서 그렇지 힘든 과정이 많았네요. 아이가 없어서 허전한 기분 저도 잘 알죠. 저희도 그래서 아이를 간절히 원하고요.

5. 그러면 시험관 시술(혹은 인공수정)**하고 나면 피검사가 나오기 전까지 기간이 좀 있잖아요? 그때 무엇을 가장 많이 하셨는지 궁금해요. 그리고 침대에 계속 누워 계셨는지 아니면 일상생활도 하고 운동을 하셨는지….**

수민 님   처음에는 무조건 누워 있었어요. 한 4번째까지는….

근데 피검 수치도 안 나오고 그렇게 아무것도 안 하고 지내는 게 더 스트레스더라고요. 스트레스가 가장 안 좋다고 해서 그 다음부터는 직장 생활도 하고 일상생활은 했지만 퇴근하고 와서는 최대한 쉬었어요.

미영   맞아요. 의사 선생님이 그러더라고요. 일상생활 가능하고 너무 안정을 취하면서 누워 있는 게 혈액순환에도 안 좋다고 하셨어요.

6. 주변에서 좋은 소식 없냐고 많이 물어보셨을 것 같아요. 그럴 때 어떻게 대처하셨는지 본인만의 비결이나 대답이 궁금해요.

수민 님   저희는 타지에 사는 관계로 생각보다 아는 사람도 없고 남편이 군인이라 이동이 쉽지 않아 경조사에 잘 참석을 못하고 시댁 식구들도 거의 없어 다행히 이런 이야기는 안 듣고 지

냈어요.

미영   주변 사람들이 문제인데, 좋은 소식 없냐고 말을 하는 사람들

이 없으셨다고 하니 그나마 다행이에요.

7. 배우자 분이 시험관 시술을 하는 동안 많이 도와주시는 편인가요?

(예를 들어 병원을 같이 가 주는지, 운동을 같이 하고 식단 관리를 같이 하는지, 술 담배를 안

하는지, 배 주사 놓을 때 도와주는지 등등…)

수민 님   남편이 직업 특성상 휴가를 급하게 낼 수 없어 거의 혼자 다녔

어요.

주사는 제가 놓는 게 덜 무서워서 제가 놓고… 담배는 원래 안

하고 술을 좋아하는 편이라 조심한다고 했는데 회식이 왜 하

필 꼭 그럴 때 몰리는지… 그렇게 크게 도와주는 편은 아니어

서 자주 많이 다퉜네요.

미영   저희 남편도 비슷해요. 남편이 잘 도와줘야 하는데 노력은 아

내만 하는 것 같아요.

'우리' 아이이지 '나'의 아이가 아닌데 말이에요.

8. 임신에 실패할 때마다 병원을 옮기셨나요, 아니면 계속 한 병원만 다니셨나요?

수민 님   처음 시작한 병원에서 난관수종 수술까지 한 거라 계속하다 결국은 포기했었는데 22년 말에 남편의 권유로 시작하면서 옮겼어요.

미영   그랬군요. 병원을 옮기는 사람도 많다고 하더라고요. 그럼 실례되는 질문인데요.

9. 화유나 계류유산 혹은 자궁외임신을 경험하신 적이 있나요?

수민 님   전 난저에 착상도 잘 안 됩니다. 아주 낮은 수치지만, 그것도 화유라곤 하던데… 그것도 화유라면 3번 있어요.

10. 저는 쌍둥이도 괜찮다고 생각하거든요. 혹시 수민 님도 쌍둥이가 생겨도 괜찮은가요?

수민 님   나이가 많지만, 쌍둥이도 좋아요.

기다림의 고백 그리고 희망을 향한 여정

미영   인터뷰에 정성껏 답변해 주셔서 감사합니다. 마지막으로 시험
관 시술을 하는 난임부부에 하고 싶은 말 혹은 조언이 있으시
다면 해 주세요.

수민 님   전 아직도 뭘 어떻게 하면 좋을지. 어떻게 하면 되는지 매번 너
무 힘들어요. 모든 분이 그렇겠지만 그래도 저보다 조금이라
도 어리신 분들 예쁘고 좋은 시절에 일찍 낳아서 더 행복한 가
정 꾸리시길 바라요. 나이 먹으면 점점 더 힘들어지거든요. 꼭
건강한 아이 임신과 출산으로 지금만큼 더 행복해져요. 우리~

미영   난임부부들에게 도움이 될 것 같아요.
다시 한번 인터뷰에 응해 주셔서 진심으로 감사합니다.

세지 님

1. 결혼한 지 몇 년 되셨나요? 본격적으로 임신을 준비한 기간을 여쭤봐도 될까요?

세지 님   결혼 4년 차이고 4살 터울 부부예요. 본격적으로 산전 검사하고, 날짜 받으러 병원에 다닌 건, 2023년 1월부터예요.

2. 시작하신 지 1년밖에 되지 않으셨네요. 산전 검사에서 이상은 없으셨나 봐요. 혹시 인공수정이나 시험관 시술을 해 보신 경험은 있으신가요? 있으시다면 기억나는 대로 자세하게 알려 주세요.

세지 님   매달 병원에 다니며, 날짜를 받아 시도하다가 작년 12월 7주차에 염색체 이상으로 계류유산 하면서 담당 선생님께서 조심스레 시험관을 권해 주셨어요. 올해 2월에 난자 채취하면서 본격적인 시험관 시술이 시작되었어요.

3. 난임을 겪으면서(시술하는 동안) **어떨 때가 제일 힘드셨나요?**

세지 님   매일 호르몬 약, 영양제 챙겨 먹고 배 주사 맞는 건 익숙해졌는데 예약 시간에 맞춰 병원에 도착하면, 임산부들이 눈에 많이 보이더라고요. 나는 언제 아이를 갖고 열 달을 품어 출산하고 키우나 하는 부러움과 막막함이 들 때 마음이 참 힘들더라고요.

미영   맞아요. 저도 임산부들을 보면서 자존감이 낮아지면서 더 힘들더라고요. 육체적인 고통보다 심리적인 고통이 더 컸던 것 같아요.

4. 아이를 원래부터 갖고 싶으셨나요. 아니면 주변 환경이나 배우자 혹은 부모님 때문에 생각이 바뀌신 건가요?

세지 님   남편도 저도 아이를 너무 좋아해요. 신혼 1년 정도 보내고 나면, 자연스레 찾아올 줄 알았는데 새 생명을 품는다는 게, 생각보다 쉽지 않더라고요.

미영   저희 부부도 아이를 무척 좋아해요. 허니문 베이비 이야기를 하면서 신혼 때 바로 아이가 찾아와줄 거로 생각했는데 세지 님 부부도 아이를 좋아하는군요. 아이를 좋아해야 힘든 시험관 시술도 버티는 것 같아요.

5. 시험관 시술을 하고 나면 피검사가 나오기 전까지 기간이 좀 있잖아요. 그때 무엇을 가장 많이 하셨는지 궁금해요.

세지 님   저는 2월에 난자 채취를 했는데, 과배란에 다낭성이다 보니, 채취 후 간 수치가 올라가고 몸이 좋지 않아 이틀 후에 있을 이식을 다음 생리 후로 미뤘어요. 엎친 데 덮친 격으로 코로나까지 걸리는 바람에 몸이 아주 힘들었어요. 저에게 한 달 반의 기다림이 생겼죠. 이번 2월 첫 시험관 시술이 허무하게 종결되고 다시 또 기다림의 시간이 생겼어요. 처음엔, 이 기다림을 어떻게 이겨 내야 할까? 고민을 많이 했던 것 같아요. 정말 하루하루가 시간이 안 가거든요. 올해부터 버킷리스트로 시작하게 된, <피아노 CCM 반주 배우기>. 일주일에 두 번, 선생님께 배우면서 오전엔, 연습하고 찬양 부르며 마음의 평안과 함께 하루를 시작했어요. 오후에는 일을 나가야 해서, 정신없이 하루를 보내고 나면 저녁 먹고 난 후의 시간이 저에겐 길게 느껴지더라고요. 그럴 땐, 남편과 대화를 나누거나 책을 읽으면서 하루를 잘 보낸 것에 감사했던 것 같아요. 3살 미니 비숑 프리제를 키우고 있어서, 매일 30분에서 1시간 정도 산책하러 나가는데 주변을 느릿하게 바라보는 여유와 건강까지 챙길 수 있어너무 좋았어요.

미영   그래도 비숑 프리제를 키우고 계셔서 난임 기간을 조금 버티신 것 같아요.

저도 난임 기간 취미생활과 독서를 하며 버텼는데, 역시 난임에만 온 신경을 쏟고 있으면 더 스트레스받고 우울증에 걸리는 것 같더라고요. 현명한 난임 생활을 하고 계세요.

6. 주변에 좋은 소식 없냐고 많이 물어보셨을 거 같아요. 그럴 때 어떻게 대처하셨는지 본인만의 비결이나 대답이 궁금해요.

세지 님   오히려 전 신혼 1~2년 차에 많이 물어봤던 것 같아요. 그럴 땐,

때가 되면 생기겠죠~ 하며 웃으며 넘겼었고 시험관을 준비하면서는 시댁과 친정에 가장 먼저 말씀드렸고 오히려 응원받으면서 마음이 편해졌던 것 같아요.

미영   시부모님과 친정 부모님이 이해를 해 주시고, 응원을 해 주시면 그나마 편하게 시술을 할 수 있는 것 같아요. 저는 양가 부모님들보다 주변 사람들 때문에 스트레스를 많이 받았거든요. 주변 사람이 난임부부들에게 적이 되는 것 같아요.

7. 배우자 분이 시험관 시술을 하는 동안 많이 도와주시는 편인가요?

세지 님   정신적으로, 육체적으로 남편이 많이 도와주고 있어요. 특히 퇴근하고 와서 힘들 텐데도, 불평 없이 집안일을 도와줘서 정말 고맙더라고요. 시험관 시술을 시작하면서, 매일 밤, 배 주사를 놓는 일을 저희 남편이 해 줬어요. 저보다 주사 맞는 걸 무서워하는 남편인데, 용기 내서 제 배에 안 아프게 놔주려고 이 방법 저 방법 찾아보고 시도할 때마다, 고맙고 잘 해내야겠단 다짐이 들더라고요.

미영   맞아요. 배우자의 도움이 참 크죠. 배우자가 잘 도와주시고 배려해 주신다면 난임 기간 중 힘이 되고 든든한 것 같아요. 남편들의 역할이 참 중요합니다.

8. 임신에 실패할 때마다 병원을 옮기셨나요. 아니면 계속 한 병원만 다니셨나요?

세지 님   저는 지금 동결 2차를 기다리고 있는 상황이에요. 첫 시도부터 바로 성공할 거란 기대는 하지 않았지만, 이식 후 3일 만에 생리를 시작하면서 허무하게 끝나 버린 이번 시술 후에 '병원을 옮겨야 하나?' 고민했던 건 사실이에요. 저의 모든 상황을 바뀐 선생님께 다 설명해야 하고 설명하는 과정에서 오는 우울감이 힘들 걸 알기에 지금 하는 선생님과 병원을 믿고 계속해 보기로 다짐했어요.

미영   맞아요. 저도 시험관 시술 6번을 하고, 1년 넘게 진행 중이지만 아직도 병원을 옮기지 못하는 것 같아요. 새로운 병원으로 전원을 하면 다시 처음부터 설명해야 하고 맞춰야 하니깐요. 손을 탄다는 말이 있던데, 원장님과 잘 맞으면 굳이 안 옮겨도 되는 것 같아요.

9. 화유나 계류유산 혹은 자궁외임신을 경험한 적이 있나요?

세지 님   작년 11월 자연임신 사실을 알았고 12월 7주 차에 심장이 뛰지

않아 계류유산 하게 되었어요.

10. 쌍둥이가 생겨도 괜찮은가요?

세지 님   시험관 시술을 하면서, 준비 과정도 기다림의 과정도 쉽지 않

다는 걸 저희 부부는 알기에, 오히려 쌍둥이가 찾아온다면 너

무 기쁠 것 같단 이야기를 자주 나눴어요.

미영   저희 부부도 생명이 귀하고 힘들게 온다는 것을 느끼고 쌍둥

이도 너무 감사하게 받겠다며 이야기를 나눴는데요. 난임부부

들은 대부분 쌍둥이도 괜찮다고 생각하시는 것 같더라고요.

마지막으로 시험관 시술을 하는 난임부부에 하고 싶은 말 혹

은 조언이 있다면 해 주세요.

세지 님   제 인생에서 시험관을 하게 될 거란 생각을 단 한 번도 해 본

적이 없었던 것 같아요.

처음에 저희 남편은 제 몸이 많이 망가지고 힘들 거라며 반대 했었어요. 그렇지만, 찾아올 아기에 대한 기대와 두근거림 때문에 포기할 수 없었고 지금은 남편과 제가 힘을 내서 손잡고 그 과정을 하나하나 해 나가고 있어요. 난임부부들에게 전, 힘든 과정은 맞지만, 시험관 시술을 권하고 싶어요. 생명에 대한 소중함, 감사함도 커지고 가장 좋은 점은 부부간에 대화가 전보다 많이 늘었어요.

눈에 보이진 않지만, 더 단단해지는 끈으로 사랑이 커지고 있구나, 단단해지고 있는지를 느낄 수 있거든요. 같이 울고, 웃는 이 기다림의 시간이 절대 헛되지 않음을 알기에 앞으로도 포기하지 않고 새 생명을 품는 그날까지 힘을 내보려고 해요.

모든 난임부부들을 응원하고 존경합니다.

미영   네, 인터뷰를 수락해 주시고 이렇게 정성스럽게 답변해 주셔서 감사합니다.

세지님의 용기 있는 대답이 다른 난임부부들에게 용기와 희망을 줄 수 있을 것 같아요.

다시 한번 귀한 시간 내주셔서 감사드립니다.

북위쥬 님

1. 결혼한 지 몇 년 되셨나요? 본격적으로 임신을 준비한 기간을 여쭤봐도 될까요?

북위쥬 님   6년 차예요. 임신 준비 기간은 둘째 준비만 3년이에요.

2. 혹시 인공수정이나 시험관 시술을 해 보신 경험은 있으신가요?

북위쥬 님   시술 없이 난임병원 다니며 날짜 잡고, 약 먹으며 준비만 6개월 하다가 시험관 1차 만에 임신이 되었어요.

기다림의 고백 그리고 희망을 향한 여정

3. 난임을 겪으면서(시술하는 동안) 어떨 때가 제일 힘드셨나요?

북위쥬 님   배 주사도 무섭지 않았지만, 시술 중간에 코로나 걸려서(코로나 감염자 수가 급격히 늘어나는 시기) 시술을 중단해야 할지 고민해야 할 때 가장 힘들었어요. 병원에서는 난자 채취나 배아 이식하는 날은 격리 해제라 상관없으나, 난자도 배아도 건강치 못할지도 모른다고 말해서 진행도 반대, 신선도 반대했어요. 하지만 이미 생리 이후, 배 주사 맞으며 준비해 온 기간 첫째가 있는데, 시험관을 하는 것이 맞는 것일지 고민하며 진행했던 것이라 미루면 다시 시험관 도전을 할 수 있을지 나 자신에게 자신이 없었어요. 둘째는 만나고 싶지만, 마음의 여건이 되지 않아 갈팡질팡했던 것 같아요.

4. 아이를 원래부터 갖고 싶으셨나요. 아니면 주변 환경이나 배우자 혹은 부모님 때문에 생각이 바뀌신 건가요?

북위쥬 님   원래 계획은 3명이었어요. 둘째가 바로 안 생겨서 시험관 시술 진행하면서 셋째 계획은 무산됐어요.

미영   저희도 처음에는 계획이 3명이었는데, 점점 2명에서 1명이라도 건강하게 낳자는 것으로 되더라고요.

5. 시험관 시술을 하고 나면 피검사가 나오기 전까지 기간이 좀 있잖아요. 그때 무엇을 가장 많이 하셨는지 궁금해요.

북위쥬 님   첫째가 있어서 일상생활을 할 수밖에 없었어요.

6. 주변에 좋은 소식 없느냐고 많이 물어보셨을 거 같아요. 그럴 때 어떻게 대처하셨는지 본인만의 비결이나 대답이 궁금해요.

북위쥬 님   둘째 안 갖냐, 아니면 이미 임신했냐(첫째 배가 안 들어가서 그런가 하하) 소리 들었지만, 농담으로 받아쳤어요. 성격상 크게 스트레스받지는 않았어요. 다만 제 계획이 틀어져서 고민을 많이 했어요.

7. 배우자 분이 시험관 시술을 하는 동안 많이 도와주시는 편인가요?

북위쥬 님   남편이 병원은 매번 항상 같이 가줬어요. 근데 주사를 무서워해서 배 주사는 한번 놔줬나? 근데 그마저도 덜덜 떨어서 ㅎㅎ

ㅎ 제가 다 낳았어요. 워낙 운동도 싫어해서 같이 하지도 않았지만, 그러려니 했고 그래도 첫째를 많이 봐주고, 첫째도 잘 따라줘서 그것만으로도 다행이라고 생각했어요. (스트레스 받아봐야 결국엔 제 손해더라고요)

8. 임신에 실패할 때마다 병원을 옮기셨나요. 아니면 계속 한 병원만 다니셨나요?

북위쥬 님   3회 정도까지는 손 바꿀 생각 안 해야지 생각하고 진행했어요. 그래서 시술 전에 병원을 한번 바꿨어요. (상담, 검사 후 시술 병원은 다른 곳)

9. 화유나 계류유산 혹은 자궁외임신을 경험한 적이 있나요?

북위쥬 님   화유 3번 정도 경험했어요.

10. 시험관 시술 성공해서 임신하고 출산까지 하셨잖아요.
시험관 시술 임신은 특히 더 조심해야 한다고 들었어요. 임신했을 때 무엇을 제일 조심해야 할까요?

북위쥬 님   졸업할 때까지는 걱정을 많이 했어요. 더구나 코로나 기간 배

주사를 맞고, 진행한 임신이라 그런데 졸업 이후에는 다른 아

기들과 다를 바 없다고 생각하고 일상생활, 평범하게 지냈던

것 같아요. 다만 진행 전 식단의 중요성을 깨달아서 식단은 꾸

준히 했어요. 그래서 그런지 첫째 때는 20킬로 쪘었는데, 둘째

는 7킬로밖에 안 쪄서 회복도 빠르고 여러모로 좋았어요.(아이

는 정상체중)

11. 마지막으로 시험관 시술을 하는 난임부부에 하고 싶은 말 혹은 조언이 있으시다면 해 주세요.

북위쥬 님   아이를 기다린다는 생각만으로도 설레어야 하는데, 주변 스트

레스, 상황, 몸 상태에 많이 힘들어하시는 경우가 있더라고요.

저도 짧게나마 겪었지만, 그 마음을 다 헤아릴 수는 없겠죠.

제가 해드릴 수 있는 말은 좋은 생각 많이 하시고, 좋은 말 많

이 들으시며 곧 찾아올 사랑스러운 아기 기다리시길 바랄게

요. 항상 건강하시고! 맛있는 것 많이 드시고 행복하세요!

미영   출산을 경험한 선배 엄마로서 도움이 많이 될만한 답변을 해

주셨어요.

시간 내어 인터뷰에 응해 주셔서 다시 한번 감사드립니다.

북위쥬 님의 기운을 받아 저를 포함하여 아기를 간절히 원하

고 있는 부부들이 좋은 소식이 있었으면 좋겠습니다.

프리언니 님

1. 아직 시험관 시술 경험은 없으시겠지만 시험관 시술을 결심하기까지의 과정이 궁금합니다. 결혼한 지 몇 년 되셨나요? 시험관 시술을 결심하게 된 계기가 있을까요?

프리언니 님 저는 신랑이랑 함께 지낸 지는 2년 되었고요! 연애 기간은 5년 정도 되었습니다.

결혼 당시 자궁 상태가 좋았던 편이 아니라서 신랑이랑 아이 없이 둘이 그냥 잘살아보자고 했지만, 시간이 지나면서 아이의 소중함을 느꼈고 이제는 저도 엄마가 되고 싶었어요. 시험관 시술을 결심했던 계기는 저는 6년 전 경부 염 시술, 자궁 혹

기다림의 고백 그리고 희망을 향한 여정

수술을 진행했고 유전적으로 자궁이 약한 편이라서 병원에서 자연임신이 어렵다고 판정받아 결정했습니다.

미영   제 지인 중에서도 '딩크족'으로 둘만 잘 살자고 했다가 어느 순간 임신을 준비해야겠다는 생각이 들었다고 하더라고요. 임신 결정하기까지 고민이 많이 되었을 것 같네요.

2. 시험관 시술은 여자가 좀 고생하고 힘든 과정이 있을 거예요. 시험관 시술을 하기 전 걱정되는 부분이 있다면 무엇일까요?

프리언니 님   엄마가 되는 길이 절대 쉽지 않겠지만, 저는 시험관 시술을 진행하면서 성공 못 했을 때 혹시 스스로가 자책하면 힘들어할 거 같아 그 부분이 제일 걱정됩니다.

3. 주변에 시험관 시술을 하신 분들이 있나요? 그분들이 시험관 시술에 대해서 어떻게 조언을 해 주셨나요?

프리언니 님   제 주위에 시험관 시술로 출산하신 분이 계시는데 과정이 그분도 쉽지 않아서 저에게 마음 단단히 먹으면 시작하라고 하셨어요.

4. 주변에서 '좋은 소식 없느냐'라고 많이 물어보셨을 거 같아요.(저도 그래서 엄청나게 스트레스 받았거든요) **그럴 때 어떻게 대처하셨는지 본인만의 비결이나 대답이 궁금해요.**

프리언니 님 다행히도 저는 그 부분에 대해서는 전혀 스트레스가 없어요. 처음부터 아이에 대한 부분을 주변 사람들에게 정확하게 이야기했고, 지금은 오히려 제가 "나 이제 아이 준비해 볼까 해."라고 하면 "아 진짜? 잘 생각했어~"라고 말해 주세요.

미영 맞아요. 임신 준비할 때 스트레스를 안 받는 것이 제일 중요해요. 주변 사람들이 난임의 최대 적이라고 하죠. 그런 스트레스가 없으셔서 다행이에요.

5. 시험관 시술 상담을 받으셨을 텐데요. 만약에 아직 상담을 안 받으셨다면 난임부부의 입장에서 무엇이 가장 궁금할까요? 이 책을 읽는 독자 중에 시험관 시술을 고민하는 사람이 있을 것도 같아서 생각을 들어보고 싶어요.

프리언니 님 저는 상담은 받았지만, 진행하는 부분에 대해서는 좀 더 시간을 가지고 하겠다고 말씀드렸는데 "난임부부, 이 점에서 진행하는 과정이 정말 힘드실 거예요."라고 하시는데, 구체적으로

기다림의 고백 그리고 희망을 향한 여정

어떤 부분이 힘든 건지 좀 더 자세히 알고 싶어요.

6. 제가 시험관 시술과 유산 과정을 솔직하게 인스타에 공개했잖아요. 그 글들을 읽으면서 도움이 좀 되었나요? 이 책이 나온다면 어떤 분이 읽는 게 도움이 많이 될까요? 시험관 시술을 경험한 사람이 쓴 책을 읽는다면 어떨지 궁금해요.

프리언니 님　저는 '그 과정을 공개하시는 게 결코 쉬운 일은 아니셨을 텐데 큰 결심 하시면서 공개하셨구나.' 그래서 마음이 뭉클하면서 계속 응원하게 되었어요. 아마 지금, 이 세상에는 알게 모르게 난임부부 중 시험관 시술을 고민하신 분들이 많으실 거예요. 그분들에게 이 책이 위로와 함께 경험적인 부분이 도움이 많이 될 것 같아요.

미영　솔직하게 과정을 오픈한 저에 대해 응원해 주셔서 너무 감사했어요. 프리 언니님 같으신 분들의 응원 덕분에 제가 더 힘을 냈던 것 같아요. 아마도 저와 같은 난임부부들도 저처럼 제 책을 읽고 위로를 받겠죠?

7. 만약에 시험관 시술을 10번 정도 했는데도 임신이 안 되면 포기하실 계획인가요 아니면 될 때까지 도전해 보고 싶으신가요?

프리언니 님   만약 제가 그런 상황이 된다면 저는 끝까지 도전할 거 같아요 ^^

8. 저는 아직도 주변에서 임신 소식이 들려오거나 임산부를 보면 질투가 나고 보기가 싫어서 힘든데요. 혹시 우리 프리 언니님도 그런 감정을 느끼신 적 있나요?

프리언니 님   저는 임신 소식에 질투가 나거나 하지는 않지만, 키우는 과정에 아이와 카페나 산책하는 모습을 보면 '어? 나도 내 아이랑 이제는 저렇게 지내고 싶다.' 그런 감정들을 느껴요. 최근에 동생이 출산했는데 질투보다는 '나에게도 이제는 축복이 왔으면 좋겠다'라고 생각 들었어요.

미영   그래도 프리 언니님은 저보다는 아량이 넓으십니다.
저는 아직도 다른 분들의 임신 소식이 달갑지 않고 질투가 나는데, 성인군자가 되려면 아직도 멀었나 봅니다.^^

9. 시험관 시술 상담을 받으러 가는 사람으로서 시험관 시술을 앞둔 혹은 시험관 시술을 시도할 계획이 있는 부부들에게 어떤 말씀을 하고 싶나요?

프리언니 님   정신적 소비와 감정적인 부분이 힘든 과정일 수 있을 텐데 부부가 서로에 대한 지지와 이해를 하면서 시간 잘 보내시라고 말씀드리고 싶어요.

10. 인터뷰에 응해 주셔서 감사합니다. 책에 인터뷰가 실릴 예정인데 더 하시고 싶은 말씀이 있으면 편하게 해 주세요.

프리언니 님   미영 님 덕분에 좋은 시간 가졌어요! 제가 하고 싶은 말은 엄마가 되고 싶은 저희 마음은 늘 간절하니, 혹시나 실패가 와도 실망하지 말고 한고비마다 이 또한 지나가리라 하고 긍정으로 매 부분을 이겨 냈으면 좋겠어요!

미영   현재 프리 언님은 자연임신으로 임신에 성공하셔서 행복한 임신 생활을 즐기고 있으십니다. 인터뷰하고 얼마 지나지 않아 임신이 되셔서 저도 축하해드렸는데요. 순산까지 응원하겠습니다.

플로라 님

1. 결혼한 지 몇 년 되셨나요? 본격적으로 임신을 준비한 기간을 여쭤봐도 될까요?

플로라 님　　결혼한 지 16년 되었어요. 결혼을 좀 일찍 하고 시어머니와 함께 살아서 신혼을 좀 즐기고 아기 가질 생각이었거든요. 결혼한 지 2년 뒤부터 준비하기 시작했어요. 어린 나이에 시집가서 무슨 호기였는지는 모르겠지만 마음만 먹으면 바로 임신이 될 수 있다고 단순하게 생각했어요. 하지만 임신이라는 게 이렇게 어려운지는 정말 몰랐네요.

미영　　　　우와 16년이나 되셨군요. 결혼을 일찍 하셨지만, 아이가 없어

　　　　　　　　　　　　기다림의 고백 그리고 희망을 향한 여정

서 아직 신혼인 줄 알았어요. 16년 동안 난임 때문에 훨씬 더 많은 스트레스가 있으셨을 것 같아요.

2. 인공수정이나 시험관 시술을 해 보신 경험은 있으신가요? 있으시다면 기억나는 대로 자세하게 알려 주세요.

플로라 님   시험관을 했었습니다. 결혼한 지 3년째 되었을 때 자연임신이 되지 않아 병원에 다니게 되었어요. 생리가 불규칙적이고 '다낭성 난소 증후군'이라는 걸 병원 다니면서 알게 되었습니다. 저는 인공수정 임신 확률이 더 낮고 다낭성이 있는 사람이라 인공수정보다는 시험관이 성공 확률이 좋다고 해서 시작하게 되었습니다. 준비 과정부터 다른 사람들에 비해 쉽지 않았습니다. 우선 생리주기가 맞지 않아 생리 유도약부터 먹기 시작했는데 부작용으로 아주 힘들고 이것저것 검사하고 배란 유도 주사 받아 내 배에 바늘 꽂는데 그때 참 많이 울었던 거 같네요.

내 배에 칼을 꽂는 기분이었어요. 주문처럼 외치던 말이 있는데요. "꼭 이겨 내서 예쁜 우리 아가 어서 만나자."

막상 난자 채취하기 전 얼마나 배란됐는지 초음파를 봤는데 의사 선생님이 과배란이 심하게 되어 공 난포가 너무 많아서 난자가 얼마 안 될 거 같다고 말씀하셨어요. 초음파 볼 줄 모르는 내가 봐서 포도송이처럼 많이 보이던 게 다 공 난포일 수 있다니 할 말이 없더라고요.

난자 채취 날 신랑이랑 같이 병원으로 갔어요. 신랑이 간호사 선생님 안내를 받아 다른 방으로 가고 저는 난자 채취실로 가고 그때부터 조짐이 많이 안 좋았어요.

링거 꽂는데 링거를 잘못 꽂아서 혈관이 터지고 수면유도제를 맞아 그 뒤에 기억이 없는데 정신을 차리고 밖으로 나가니 가슴이 너무 아프고 배도 아프고 속도 안 좋고 너무 힘들었어요. 설상가상으로 의사 선생님 표정이 너무 안 좋으셨어요.

채취 중에 심정지가 와서 심폐소생술을 했다고 난자는 공 난포가 너무 많았고 그나마 난자는 4개가 나왔는데 상태가 너무 안 좋아 우선 상황을 봐야 할 거 같다고 하셨네요.

우선 집에 가서 쉬고 몸 상태 안 좋으면 내원하라고 하셨습니다. 저는 그 당시 시어머니와 함께 살고 있어서 신랑이 친정에서 몸조리한 뒤 집으로 오라고 하며 친정집으로 데려다줬어요. 집에서 쉬고 인터넷에서 찾아보면서 복수 찰 수 있다고 해서 이온 음료도 마시며 쉬었어요.

자고 난 뒤 그다음 날부터 급격히 상태가 안 좋아지면서 가슴이 너무 아프고 배가 점점 불러오고 숨이 안 쉬어져서 병원으로 전화했더니 우선 병원으로 오라고 하셨어요. 그래서 혼자 택시 타고 급히 병원으로 갔는데 복수가 차고 있다고 했어요.

담당 의사 선생님이 하필 휴무였는데 저 때문에 급히 호출받고 오셨어요. 제가 계속 토하고 숨을 잘 쉬지 못해서 산소호흡기 착용을 했어요.

좀 살 거 같아서 일 끝나고 급히 오신 부모님과 신랑이 제 상태 보더니 심각성을 느끼셨어요. 의사 선생님과 상의 후 대학병원에 연락해 줘서 급히 대학병원 응급실로 이동했어요.

배가 이미 복수로 둘레가 1m가 넘었어요. 복수가 안 빠지면 폐에 물이 들어가 폐렴의 가능성이 크다고 하시면서 배에 구멍을 뚫어서 물을 뺄 수 있다고 하셨어요.

이미 몸이 복수로 인해 부어서 혈관조차 찾을 수가 없었고 발에다 링거를 꽂을 수밖에 없었고요. 호흡은 너무 안 되고 정신이 점점 없어지고 상태가 안 좋아졌어요.

다행히 다음날부터 물이 좀 빠지고 정신도 좀 돌아오고 산소호흡기에 의존하고 있는 제 모습을 인지하니 정말이지 살고 싶지 않은 심정이었어요. 더 그런 마음이 들었던 건 6인실에 입원해 있는데 나 혼자만 물배였을 때였어요.

다른 환자들은 아기 살리기 위해 입원하셨는데 저는 제가 살기 위해 입원해 있는 상황인 데다 아기를 갖기 위해서 시도하다 제가 죽을 뻔한 상황.

정말 아이러니한 상황이었죠. 입원하고 10일이 넘는 순간 매일매일 눈물의 나날이었고요.

결국 배란도 안 돼서 이식조차 못 해 보고 그렇게 첫 번째 시험관 시술은 끝이 났어요.

미영   어머나! 그런 일이 있으셨군요. 정말 플로라 님이 위독한 상황이었어요. 큰일날 뻔하셨네요.

3. 난임을 겪으면서(시술하는 동안) 어떨 때가 제일 힘드셨나요?

플로라 님   제일 보기 힘들었던 건 임신보다는 친정 부모님이 죄인처럼 생각하는 게 더 힘들었어요. 딸이 난임을 겪으니 눈치 보는 건 친정 부모님이셨어요.

'건강하게 낳아 주지 못하고 관리 못 해 준 거 같아서 엄마가 미안하다'라고 모든 상황이 부모님 탓인 거 같다고 마냥 생각하시는데 시술하는 것보다 그런 게 더 힘들었어요. 그리고 사람들 눈치 보는 것도 아주 힘들었고요. 다들 위로의 말들이겠지만 제가 겪는 일이니깐 제 마음을 잘 알지 못하니 더구나 신랑도 제 마음을 알지 못하니 심적으로 아주 힘들었어요.

미영   맞아요. 남편이나 주변 가족들이 제 마음을 몰라주면 그게 더 힘들죠. 친정엄마의 마음은 다 비슷하신 것 같아요. 저희 엄마도 그냥 둘만 잘 살라고 하시거든요.

4. 아이를 원래부터 갖고 싶으셨나요. 아니면 주변 환경이나 배우자 혹은 부모님들 때문에 생각이 바뀌신 건가요?

플로라 님   아이 욕심이 너무 많은 사람이었어요. 딸 두 명에 아들 한 명 낳고 싶었어요.

하지만 상황이 그렇게 안 되니 참 많이 힘들더라고요. 제가 그렇게 힘든 일을 겪고 나니 신랑이 울면서 친정 부모님께 '둘이 살면 안 되겠냐?'라고 말했다고 하더라고요. 이러다가 내가 정말 죽을 거 같다고.

저는 그 힘든 일을 겪고도 포기가 쉽지 않았어요.

시어머니조차도 '네가 건강해야 한다. 그냥 포기하라'고 하셨어요(신랑이 장남에 장손이라서 손이 귀한 집인데 시어머니는 아들로 인

한 시집살이를 겪으시고도 저에게는 그런 부담을 안 주셨어요. 오히려 돌

아가시기 직전까지도 제 건강 걱정만 하시다가 돌아가셨어요)

그래도 포기할 수밖에 없는 건 아프고 나서 신장이 안 좋아졌

는데 산부인과와 신장내과 협진해서 다시 시도하려고 검사했

어요.

'아기를 갖더라도 내가 잘못되던지 아이가 잘못될 확률이 너

무 높으니 포기하시는 게 낫겠다'라고 교수님 두 분이 말씀하

셔서 포기하게 되었어요. 제가 건강해야 아이도 있는 거니깐

잘못하면 투석할 수도 있다고 하니 '아이를 원해서 시도했는

데 제 몸이 안 좋아서 아이를 제대로 관리를 하지 못하면 무슨

소용이 있을까' 싶어 생각을 바꾸게 되었어요.

미영   시어머님이 참 좋으신 분이시네요. 그래서 더 돌아가셨을 때

마음이 안 좋았을 것 같아요.

5. 시험관 시술(혹은 인공수정)**하고 나면 피검사가 나오기 전까지 기간이 좀**

있잖아요? 그때 무엇을 가장 많이 하셨는지 궁금해요. 그리고 침대에 계속

누워 계셨는지 아니면 일상생활도 하고 운동을 하셨는지.

플로라 님   피검사까지 해 본 적이 없어서 뭐라고 말할 것은 없지만 임신

준비하면서 정말 좋다는 건 많이 해 본 거 같네요. 운동부터 먹는 것, 심지어 영양제까지 하나하나 신경 쓰면서 생기지도 않은 아이에게 일기도 쓰면서 버텼던 거 같아요.

미영　일기를 쓰셨군요…. 영양제를 꼼꼼하게 잘 챙겨야 하는 거 같더라고요. 정말 일반인보다 임신을 준비하는 사람들은 더 챙겨 먹어야 할 것들이 많죠. 약으로 배를 채우는 기분이에요.

6. 주변에서 '좋은 소식 없느냐'라고 많이 물어보셨을 거 같아요.(저도 그래서 엄청나게 스트레스 받았거든요) **그럴 때 어떻게 대처하셨는지 본인만의 비결이나 대답이 궁금해요.**

플로라 님　정말 많이 물어보죠. 저는 더구나 결혼한 지가 너무 오래되었으니깐요.

사촌 언니도 난임을 겪었는데 인공으로 세쌍둥이 갖게 되어 건강하게 출산했어요. 그때 처음 소식 접하고 축하도 해 주었지만, 너무 부러워서 정말 많이 울었네요.

저는 한 명도 쉽지 않은데 언니는 세 명을 한꺼번에 가지니 질투도 나고 걱정도 되고 언니의 큰 용기에 박수를 보내기도 하였어요. 한 명도 쉽지 않은데 세 명을 낳을 결심을 한다는 게 정말로 쉬운 게 아니니깐요.

그 뒤로 관심이 다 저한테 와서 너도 할 수 있다고 다들 위로해 주면서 언니가 다니는 병원으로 다니라는 둥 이런저런 말을 많이 해서 너무 힘들었어요.

저는 비결이 없었어요. 이건 비결이나 팁은 없는 거 같아요.

전 그냥 제가 아픈 걸 핑계 댈 수밖에 없었어요 "천천히 갖는 거예요."라는 말도 한 두 번이지 횟수가 길어지니 그것도 힘들었는데 아픈 걸 핑계 댈 수밖에 없었죠.

지금은 다들 제 상황을 아니 그냥 모른 척해 주고 물어보지도 않고 건강하라고만 하네요. 세월이 많이 지나서 그런지 많이 편해지기는 했어요.

7. 배우자 분이 시험관 시술을 하는 동안 많이 도와주시는 편인가요?

(예를 들어 병원을 같이 가 주는지, 운동을 같이 하고 식단 관리를 같이 하는지, 술 담배를 안 하는지, 배 주사 놓을 때 도와주는지 등등…)

플로라 님   신랑은 적극적으로 도와주는 편은 아니었어요. 제가 이렇게 해야 한다, 저렇게 해야 한다고 하면 협조는 해 주었는데 그것도 적극적이지는 않았어요.

병원도 필요한 때만 같이 가 줬어요. 반차 월차 연차를 막 자유

롭게 쓰지 못하는 회사여서 정해진 날만 갈 수 있었어요. 식단

이랑 운동은 조금씩 도와주기는 했어요. 근데 전 제가 더 중요

했기에 제가 하는 거에 뭐라고 안 하고 도와준 편이니 지금 생

각해 보면 많이 도와주기는 했네요.

미영   맞아요. 가끔은 남편이 아무 소리 안 하고 그냥 잘 따라주는 것

만으로도 도와주는 것처럼 고맙고 그렇더라고요. 안 그래도

시술로 예민해진 상태인데 남편이 뭐라고 하면 좀 더 예민해

지죠.

8. 임신에 실패할 때마다 병원을 옮기셨나요? 아니면 계속 한 병원만 다니셨나요?

플로라 님   그렇게 아프고 힘들어지고 나서 한동안 임신 시도를 못 했어요.

몇 년 후에 다시 시도하고 싶어서 이번에는 서울에 있는 병원

에 다니기 시작했어요.

정말 검사부터 사소한 거 하나하나가 지방에서 하는 거와는

차원이 다르더라고요. 의사 선생님이 제 마음을 많이 헤아려

주셔서 의사 선생님 앞에서 많이 울었네요.

나팔관 검사부터 호르몬 검사까지 하나하나 검사해서 설명해
주시는데 의사 선생님 표정이 안 좋으시더라고요.

"나팔관은 양쪽 다 안 막혀 있고 깔끔하고 좋아요. 그런데 다낭
성 수치가 너무도 안 좋네요. 다른 다낭성 환자들보다 2~3배
수치가 높아요. 이러면 임신 확률이 낮아요."

너무 오래되어서 기억이 잘 안 나지만 착상을 거부할 수도 있
고 시험관 자체가 어려울 수도 있다고 복수도 남들보다 심하
게 찰 거라고 시도하게 되더라도 아예 입원해서 해야 할 거 같
다고 말씀하셨어요. 그때 신장내과도 같이 다니고 있었는데
이런 우연이 있는지 모르겠지만 같은 날 두 의사 선생님이 임
신 포기하라는 제안을 하셨어요.

그날이 제 인생에서 최악의 날이었죠. 내려오는 버스 안에서
얼마나 울었는지 모르겠어요.

신랑도 "당신이 더 중요하다. 힘들겠지만, 마음 접자."라고. 친
정 부모님도 "생기지도 않은 손주 때문에 내 딸 잃고 싶지 않
다, 포기하자."라며 저를 설득하셨어요. 그래서 두 번째부터는
시도도 못 해 보고 끝났네요.

9. 화유나 계류유산 혹은 자궁외임신을 경험하신 적이 있나요?

플로라 님   임신 자체를 해 본 적이 없어서 슬프네요.

10. 쌍둥이가 생겨도 괜찮은가요?

플로라 님   네, 제일 원했는데 남매 쌍둥이로 갖는 게 소원이었어요. 그 당시에는 건강하게 한 명만이라도 갖기를 간절히 바랐는데 아주 아쉽네요.

11. 마지막으로 시험관 시술을 하는 난임부부에게 하고 싶은 말 혹은 조언이 있으시다면 해 주세요.

플로라 님   지금 심적으로나 신체적으로 아주 힘들 거예요. 저는 아주 특수한 경우이지만 '이러한 경우도 있구나'를 알려 드리고 싶어서 인터뷰하게 되었어요.
10년이 넘었지만 지금도 가까운 지인이나 난임으로 고생하는 분들 보면 저도 모르게 감정 이입이 돼서 너무 안쓰럽고 속상하더라고요.

그래서 그때 제가 했던 방법들이랑 임신하려고 준비했던 과정 중에 도움 되었던 게 있으면 알려 드리고 또 어떤 게 효과가 괜찮았었는지 알려 드리고 했어요.

하지만 저도 그 마음 알아요. 아무리 설명해도 귀에 잘 안 들어와요.

정보들은 무궁무진하고 알기는 많이 알지만 정작 본인은 마음만 조급해지고 나이만 생각 들고 '왜 나는 안 되지?'라는 생각만 들 거예요.

많이 들으신 말이지만 지금은 딱 하나예요. '긍정적으로 마음 편히 갖기 위해 노력하기'.

저는 비록 아이를 갖지는 못했지만, 노력한 과정에는 후회는 안 해요.

비록 제 몸이 망가지고 안 좋아졌지만 내 아이를 갖기 위해서 노력했기에 다른 사람들은 몰라도 나는 알잖아요. 나 자신이 알기에 후회 안 하려고요. 가끔 친구들이 자식들이랑 친구처럼 지내는 거 보면 너무 부럽기도 하지만 지금은 제 삶에 만족하며 신랑이랑 잘살아가고 있네요.

조급해 하지 말고 지금을 즐기면서 지내셨으면 좋겠어요. 건강이 제일입니다.

내 몸 건강하게 지키면서 예쁜 아가 만나시길 기원하겠습니다. 마지막으로 더 당부하고 싶은 말은 절대로 자기 자신을 자책하지 마세요.

절대 당신 탓이 아닙니다. 충분히 잘하고 있습니다.

미영   다른 난임부부에 힘이 되는 말로 마무리까지 해 주셔서 감사합니다.

로은 님

미영   로은 님, 안녕하세요. 인독기 독서 모임의 조원으로 처음 알게

된 이후 같은 자가면역성 질환자로 더욱 가까워졌잖아요. 저

도 3년 전에 처음 '류머티즘 관절염'이라는 진단을 받고 '산정

특례자'가 되면서 저와 비슷한 자가면역성 질환자(**루푸스, 류머**

티즘성) 환우들을 보면 공감이 되고 괜히 마음이 쓰이더라고요.

1. 루푸스 신염을 진단받으셨다고 들었습니다. 루푸스가 어떤 질환인지 설

명 부탁드려도 될까요?

로은 님   루푸스란 면역체계가 세포나 조직, 장기들을 이물질로 오해해

공격하는 자가면역질환 중 하나인데요. 루푸스 신염(신장염)은 콩팥에 염증 반응을 일으키는 것으로 루푸스 환자에게 생기는 주요 합병증 중 하나예요. 주로 가임기 여성에게 발병하며 국내 환자 수는 약 2만 명 정도의 희귀질환이라 아마 많은 분에게 아직은 생소한 질환 중 하나일 거로 생각해요.

미영   맞아요, 저도 가임기 여성인데 자가면역성 질환자로 판정받았을 때 막막하더라고요.

2. 언제 진단을 받으셨나요? 어떤 증상이 있으신지 여쭤봐도 될까요?

로은 님   저는 현재 결혼 3년 차인데요. 2년 전, 결혼 1년 차인 신혼 초에 갑작스러운 진단을 받게 되었어요. 어느 날 자고 일어났는데 발이 붓고 걷기 힘들 정도로 아팠고 양쪽 손가락이 대칭적 강직 증상이 나타났어요. 증상이 심해지면서 온몸이 쑤시고 아팠어요. 안 다녀본 병원이 없을 정도로 이곳저곳을 전전하다가 류머티즘성 내과 검사 후 루푸스 진단을 받게 되었어요. 다행히 지금은 이와 같은 증상은 많이 호전되었어요.

미영   정말 다행이에요. 증상이 많이 호전되었다고 하셔서.

3. 진단받고 난 후 심경은 어떠셨나요? 임신에 대한 걱정도 있으셨을 것 같아요. 루푸스 환우분들의 임신은 어떤가요?

로은 님   루푸스는 주로 가임기 여성에게 발병하는 질환인 만큼 임신 및 출산에 대해 걱정하는 분들이 많은데요. 루푸스 환자는 나이와 상관없이 '고위험 산모'로 분류돼요. 임신 및 출산 과정에 예측할 수 없는 이벤트들이 발생할 수 있기 때문에 더욱 신중을 기해야 하고 루푸스가 활성화되지 않은 적절한 시기에 담당 의료진과 상의하여 임신을 준비해야 합니다.

이제 막 결혼 1년 차에 이름 모를 희귀난치병을 진단받았다는 사실이 매우 괴로웠어요. 그런데 루푸스는 호르몬의 영향을 받기 때문에 임신 및 출산 시 루푸스 증상이 더 악화하기도 해서 꼭 담당 의료진과 상의하에 안전한 시기에 임신을 준비해야 한다는 걸 알게 되었죠. 난치병을 진단받았다는 사실도 받아들이기 힘든데 임신도 마음대로 계획할 수 없다는 현실에 아주 심란했어요.

저의 경우, 루푸스 진단 후 6개월 만에 루푸스가 콩팥을 공격하면서 루푸스 신염(신장염) 진단을 받게 되어 복용하던 약에 추가로 면역억제제까지 복용하게 되었는데요.

기다림의 고백 그리고 희망을 향한 여정

담당 의료진께서 초기에 질병을 잘 관리해야 하므로 3년간은 꾸준히 면역억제제를 복용해야 한다고 하셨어요. 면역억제제를 복용하는 동안은 임신 준비를 병행할 수 없어 그 덕에 임신 계획이 많이 미뤄졌어요.

4. 제가 시험관 시술과 유산 과정을 솔직하게 인스타에 공개했잖아요. 그 글들을 읽으면서 도움이 좀 되었나요? 이 책이 나온다면 어떤 독자가 읽는 게 도움이 많이 될까요?

로은 님   임신 및 출산을 생각하며 걱정과 불안으로 우울했던 시기가 있었어요. 그때 미영 님께서 인스타그램에 시험관 시술과 유산 과정을 솔직하게 고백하시는 모습을 보며 덩달아 마음이 아파 눈물이 났어요. 같은 류머티즘성 질환을 앓고 있다는 걸 알게 된 이후로 더 마음이 쓰였고 여러 번의 실패에도 다시 계속 도전하시는 모습을 보며 마음이 숙연해졌어요. 아직 시도조차 하지 않고 벌써 겁을 먹고 걱정하는 용기 없는 제가 창피하기도 했지만, 그 이후 더욱 미영 님을 응원하게 되었고 저도 할 수 있을 것 같다는 희망과 용기를 얻었어요.

저처럼 임신과 출산에 대한 두려움이 있거나 난임으로 시험관 시술을 앞둔 분, 시험관 시술에 실패하여 임신을 포기해야 하나 고민하는 분들이 미영 님의 글을 통해 용기와 위안을 얻고 희망을 잃지 않으셨으면 좋겠어요.

미영　　　　로은 님~ 시간 내어 인터뷰에 응해 주셔서 다시 한번 감사드립니다.

부록

주의해야 할 점과
권고 사항들

끝날 때까지
절대 포기하지 마세요

시험관 시술은 내가 포기할 때까지 결코 끝난 것이 아니다. 보통 난임부부들은 지원 기간이 끝나도 임신이 되지 않을 때 포기한다. 2023년까지만 해도 우리 부부는 남편 소득이 시술 지원 자격 기준에 안 맞아서 보건소 지원을 받지 못했다. 그래서 우리 돈으로 시험관 시술을 진행하였다. 그래도 다행히 조금의 지원은 되어서 그나마 덜 부담이 되었다. 아기를 간절히 원하는 난임부부들에게 소득 수준에 상관없이 지원을 해줘야 아이를 더 많이 낳으려고 할 텐데, 소득 수준으로만 판정을 하니 차별받는 기분이다.

하지만 처음부터 비용이 걱정되었다면 애초에 시작조차 하지 않았을 것이다. 남편도 나도 아이를 좋아하고 간절히 원하므로 몇백만 원이 들어도 계속 시도 중이다. 이제 내 나이 36살, 남편 나이 43살. 지금 낳고 키워도 남편이 퇴직할 즈음이면 아이가 대학교에 입학하기 전이다. 조급한 마음을 갖고 있는다고 해서 아이가 생기는 것은 아니다. 올해 아이를 출산하는 것은 이미 어렵고, 내년에 건강한 아기를 낳을 것이다.

아직 나는 포기하지 않았다. 훌륭한 아기가 와 주려고 부모의 마음을 애태우는 거로 생각하고 있다. 시험관 시술은 엄마 아빠가 포기하지만 않으면 반드시 성공하리라고 믿는다. 포기하지만 않으면 생긴다는 주변 경험 있으신 부부들의 말을 믿고 계속 노력 중이다. 아이가 딸이든지 아들이든지 성별은 이제 상관이 없다. 그저 이상 없이 무탈하고 건강한 아이가 와 줬으면 좋겠다. 물론 쌍둥이이면 더 바랄 것도 없다.

기다림의 고백 그리고 희망을 향한 여정

이런 것들은
하지 마세요!

시험관 시술을 여러 차례 시도하면서 정말 마음고생을 많이 했다. 안 그래도 예민하고 걱정이 많은 성격인데 시험관 시술을 하면서 더 예민해졌다. 내가 시술을 시도하면서 겪었던 일 중에 '이것만큼은 하지 마라'고 알려 주고 싶은 내용들이 있다.

첫째, 네이버 〈시험관 시술 카페〉나 〈맘 카페〉를 자주 들여다보지 말자. 시험관 시술을 처음 했을 때는, 잘 모르고 지식이 부족하다 보니 도움과 정보를 얻고자 가입했었다. 임신에 성공하신 산모들이나 시험관 시술을 하고 계시는 부부들의 경험을 공유할 수 있어서 도움이 되기는 했다. 덕분에 의사들은 자세히 알려 주지 않는 용어들도 알 수 있어서 시술하러 갈 때 원장님의 말을 어느 정도는 이해할 수 있었다. 하지만, 오히려 너무 자주 글을 읽다 보면 다른 사람과 비교하게 되고 자신을 자책하게 된다. 또 불안감이 더 커진다. 임신 초기에 나는 2번의 피검사를 했었다. 1차를 통과해야 2차를 검사할 수 있다. 1차 때 수치가 안정적으로 나오긴 했다. 하지만 나는 여전히 불안했고, 다시 2차 피검사를 하러 갔다. 1차 때보다 수치가 많이 올랐다. 수치가 갑자기 많이 오르면 '자궁외임신'이라는 말이 있다.

나는 '자궁외임신'이라는 말에 또 혼자 걱정을 만들어서 했다. '진짜 자궁외임신이면 어떡하지. 엄청 아플 텐데…'라고 걱정이 끝도 없이 물고 늘어졌다. 이런 스트레스가 태아에게 영향이 갔는지 결국엔 6주 만에 아이는 떠나게 되었다. 그 이후로 나는 시험관아기 카페에 들어가 보지도 않는다. 한번 들어가면 궁금증과 걱정이 끝이 없기 때문이다. 많은 사람이 본인의 초음파 사진을 올리며 성별을 알려 달라고 하고, 하혈했는데 걱정이라는 등의 글이 많다.

산부인과 의사와 같은 전문가가 아닌 일반 사람들의 글들을 계속 보고 있으면 잘못된 정보를 얻어서 더 혼란스럽다. 다른 산모들이 올리는 아이의 심장박동 소리나 초음파를 보며 또 비교하게 되어서 정신건강에도 해롭다는 생각이 들었다. 지금 생각해 보니 차라리 '모르는 게 약이다'라는 생각이 든다.

두 번째, 민간요법 말고 의사를 믿고 따르자는 것이다. 나는 착상이 잘 된다는 소고기와 추어탕을 자주 먹었다. 추어탕을 먹었는데도 착상이 잘되지 않아서 실망도 많이 하였다. 물론 추어탕이 착상에 도움이 되겠지만 결국에는 엄마가 먹고 싶은 음식들을 먹고 배탈만 안 나게 조심하면 된다.

그리고 원장님을 그냥 믿고 잘 따라야 한다. 원장님은 아무래도 '임신'에 있어서는 전문가이시고 경험이 수년간 있으시므로 일반인들보다 정확한 정보를 갖고 계신다. 원장님이 조심하라고 하거나 꼭 챙겨야 할 주사와 약의 복용 시간과 양만 잘 지켜도 무난하게 임신이 되는 것 같다.

반대로, 시험관 시술 전후에 하면 좋은 사항들도 있다. 이건 내 주관적인 경험이므로 관심 있는 분들만 따라 하면 된다. 비록 6주 차에 유산하였지만, 내가 세 번째 시술 만에 임신에 성공한 방법이 있다.

2차 때까지는 안정을 취한다는 핑계로 집에서 거의 하루 종일 누워 있었다. 차도 안 타고 외출도 자제하고 집에서 책을 읽으며 가만히 있었다. 하지만 결국엔 임신에 실패하였다. 3차 시술을 하고 온 이후로는 동네 한 바퀴를 걷고 부지런하게 돌아다녔다. 물론 무리하지 않는 범위 내에서 일상생활을 하였다. 그리고 매일 긍정 확언을 외쳤다. "2023년에 건강한 아이를 출산하여 아이 엄마가 된다"라고 매번 외쳤다. SNS에도 쓰고 소리 내 외쳤고, 끌어당김 덕분이었는지 결국에 임신에 성공할 수 있었다.

내가 이때까지 맞은 셀프 배 주사기들.
남편이 버리라고 해서 일부 버렸는데도 많이 남아 있다.
노력의 훈장이라 아기 출산할 때까지 당분간 못 버릴 것 같다.

기다림의 고백 그리고 희망을 향한 여정

난임,
절대 당신 잘못이 아니에요

우리 부부는 시험관 시술에 여러 번 실패하면서 서로에게 상처 주는 말을 많이 하였다. 특히 우리 남편이 나에게 정말 안 좋은 말을 많이 하였다.

"네가 원인 아니야? 다른 아내들은 아기 잘만 임신하고 낳던데 대체 너는 왜 그래?"라고 하면서 악담을 한 적이 있다.

그럴 때마다 안 그래도 아기를 갖고 싶지만 안 생겨서 우울하고 속상한데 내 편이 되어야 하는 남편이 도움이 되지 않아서 더 힘들었던 날이 많다.

남편들은 솔직히 시험관 시술 과정에서 고통과 아픈 과정이 없으니, 아내들의 고통을 이해하지 못한다. 서로에게 모진 말을 하고 상처가 되는 말들을 한다고 해서 안 생기는 아이가 생기는 것도 아니고 서로 간의 감정만 상하게 된다. 물론 남편도 아이를 원하는데 생기지 않으니, 화도 나고 답답한 마음이 든다는 것은 나도 알고 있다. 그렇다고 앞으로 같이 살아가야 할 배우자에게 모진 말을 하고 나면 자기에게 득이 되는 것이 없을 텐데…

항상 유산하거나 아이가 잘못되면 엄마들은 본인들을 원망하거나 자책한다. "다 나 때문이야. 내가 임신한 줄 모르고 감기약을 먹어서 그런 가. 내가 주의를 안 해서 아기가 잘못된 걸 거야. 내 몸에 이상이 있어서 그런 걸 거야." 하면서.

그럴 때마다 의사들은 이야기한다. "원래 아이가 생길 때부터 건강하지 않은 아이가 온 거뿐이에요. 이런 아이는 태어나도 평생 힘들게 살아갈 건데 차라리 초기에 이렇게 떠나간 것이 부모에게 효도하는 거고 이 아이도 자기가 건강하지 않다는 걸 알고 미리 떠나가 준 거예요. 엄마 아빠 고생하지 말라고."라고. 그 말을 들으면 위안이 되면서도 한편으로는 미안하고 안쓰러운 감정이 든다. 나도 유산을 네 번이나 겪으면서 나 자신 원망을 많이 했다. '나는 대체 제대로 하는 게 뭘까? 아이도 못 가지고 남들은 쉽게 갖는다는 아이를… 대체 나에게 무슨 문제가 있는 걸까?' 나를 원망하고 자책해 보니 오히려 더 스트레스가 되고 다음에 임신 준비를 할 때도 전혀 도움이 되지 않았다. 이미 떠나가 버린 아이는

기다림의 고백 그리고 희망을 향한 여정

나와 인연이 아니었던 것이고, 떠나가 버린 아이들이 더 건강하고 이쁜 동생들을 데리고 와 줄 거라는 믿음으로 지금도 버티고 있다.

"루이(첫 번째 유산한 아이 태명)야, 토랑(두 번째 유산한 아이 태명)아! 꿀벌(세 번째 유산한 아이 태명)아, 대박(네 번째 유산한 아이 태명)아! 비록 엄마가 너희를 지켜주지 못했지만, 좋은 곳에서 엄마 아빠를 응원하고 있을 거로 생각해. 가끔 너희가 보고 싶을 때도 있어. 건강한 동생들을 엄마 아빠에게 보내 줄 거지? 다음 생에 좋은 엄마 아빠 만나서 행복해야 해."

혹시 유산을 겪으시거나 혹은 임신을 준비 중인 부부들에게 말씀드리고 싶다.

"아이도 하늘이 점지해 주는 것이고 때가 다 있는 것 같아요. 아이가 혹시나 잘못되었어도 엄마의 잘못이 아니니 서로를 원망하거나 자책하지 않으셨으면 좋겠어요. 원망할 시간에 더 열심히 관리해서 준비하다 보면 더 좋은 아이가 와 줄 거예요. 원인이 없으니 몸 회복 잘해서 우리 건강한 아이 가져요."

무엇보다도 이 책이 나올 수 있게 항상 잘할 수 있다고 격려해 주고 응원해 주신 지인들과 SNS 친구들. 저의 멘토이자 퇴고까지 도와주신 『닥치고 글쓰기』 황상열 작가님. 난임 에세이를 쓰기 위해 참고로 했던 난임 에세이 작가들(덕분에 이렇게 글을 쓸 수 있었어요). 이렇게 원고 투고를 받아 주시고 하나의 책으로 출간해 주신 미다스북스 출판사 임종익 본부장님과 김은진 편집자님. 이야기하기 곤란한 내용인데도 인터뷰에 응해 주신 6명의 인터뷰이들. 마지막으로 가장 든든한 하나뿐인 최고의 남편에게도 감사를 전하고 싶습니다.

2024년 11월 추워지는 어느 날에

문미영 작가 씀

기다림의 고백 그리고 희망을 향한 여정